풍신난 도시농부, 흙을 꿈꾸다

풍신난 도시농부, 흙을 꿈꾸다

초판 1쇄 발행 2013년 6월 21일

글쓴이 정화진
펴낸이 황규관
편집장 김영숙
편집부 노윤영 윤선미
총무부 김은경

펴낸곳 도서출판 삶창
출판등록 2010년 11월 30일 제2010-000168호
주소 121-838 서울시 마포구 서교동 355-22 우암빌딩 4층
전화 02-848-3097 **팩스** 02-848-3094
홈페이지 www.samchang.or.kr

ⓒ정화진, 2013
ISBN 978-89-6655-027-2 03810

이 도서의 국립중앙도서관 출판시도서목록(CIP)은 서지정보유통지원시스템 홈페이지
(http://seoji.nl.go.kr)와 국가자료공동목록시스템(http://www.nl.go.kr/kolisnet)에서
이용하실 수 있습니다. (CIP제어번호:CIP2013007672)

풍신난 도시농부

흙을 꿈꾸다

정화진 산문집

삶창

아비가 다시 글 쓰는 모습을 보지 못하고
먼저 떠난 아들 석연에게 이 책을 부친다.

차례

며칠 전 비가 모자람 없이 내려주신 덕분에 누리가 온통 초록이다. 올봄이 유난히 서늘해서인지 개화가 늦었던 우리 동네 철쭉은 이틀 사이 미친 듯이 피어나 산들바람에도 분내를 묻힐 기세다.

약간의 늦고 빠름이 있을 뿐 계절은 어김없이 찾아와 생명의 고리를 잇는다. 잠깐이었다 싶은데 어느새 난 3년 차 도시농부가 되어 있다. 하, 해가 갈수록 시간은 너무 빨리 내달린다.

올봄에도 두어 명의 친구들과 장항동의 40평 남짓한 텃밭을 일궜다. 쇠스랑이나 괭이, 그리고 갈퀴의 도움을 빌어 일군 이랑에 씨앗을 뿌리고 모종을 심었다. 바야흐로 풀과의 씨름도 시작될 것이지만 그리 걱정은 않는다. 풀을 이기려고 하지 않는 한 풀에게 지는 일도 없을 것이기 때문이다. 짧은 기간이었지만 주변의 선배 도시농부들에게서 배운 바가 그만큼 크다.

게으르고 어설픈 초보농부의 손길에도 밭은 또 과분할 만큼의 잎과 열매들을 내어줄 것이다. 우리 텃밭뿐 아니라 내가 품앗이로 가끔 나다니는 주변의 모든 농장들이 그러할 것이다. 그동안 우린 얼마나 많은 경이로움을 밭에서 경험할 것인가.

도둑처럼 찾아드는 명상은 또 어떤지. 밭일하는 중에 깜빡 잠들 듯이 까무룩 빠져드는 순간, 머릿속은 맑디맑은 물이다. 그 잠깐의 뒤끝은 젊은 날의 키스만큼이나 짜릿하고 달달하다.

"얼굴 좋아졌네."

수년 만에 만나는 친구들에게서 심심찮게 듣는 말이다. 예전의 내 얼굴이 어땠는지 나야 알 길이 없다. 하지만 먹고사는 일이 그때보다 훨씬 어려워진 요즘 외려 얼굴 좋아졌다는 소리를 듣는다면 그건 필시 흙의 공이 클 것이다. 밭에서는 내가 애써 노력하지 않아도 절로 머릿속이 비워지고 메고 있던 근심도 내려놓게 되니 짜장 얼굴 좋아질 만도 하다.

작년 봄부터 글쓰기를 다시 시작했다. 마지막 단편소설을 발표한 후 에누리 없는 20년이 흘러 있었다. 흙이 내게 준 크나큰 선물이다. 비록 소설은 아니었지만 단상을 풀어내는 것만으로도 태고부터 막혀 있던 욕망의 봉인이 풀린 느낌이었다.

무역회사, 건축자재 납품회사, 노점상, 개발회사, 학원 선생…….

뒤돌아보니 꽤 여러 개의 직업을 경험했다. 다 가장 노릇을 하기 위함이었고, 글쟁이로서 세상 경험을 재산처럼 쌓기 위함이었다. 하지만 세상은 결코 만만치 않아서 가장 노릇 하는 것만으로도 노상 숨이 차 단편 하나도 쓰지 못한 세월이 20년이었다.

그동안 문학작품은 거의 손에서 놓고 살았다. 이따금씩 알고 지내는 작가들로부터 책이 배달되어 왔지만 그중 시집 몇 권 읽는 것을 제외하면 나머지는 전부 포장을 뜯자마자 책장에 넣어두는 것으로 끝이었다.

이유는 간단했다. 남의 작품을 보는 것만으로도 내 욕망에 불이 붙기 때문이었다. 일단 불이 붙고 나면 최소한 며칠 동안 주체할 수 없을 만큼 휘청거리기 일쑤였다. 꽃 사이를 넘나드는 나비의 날갯짓, 그 낭창거림을 묘사하고 싶어 가슴을 싸쥔 채 길바닥에 주저앉은 적도 있다. 내가 내게 씌운 봉인이었다.

그 봉인을 푼 것이 결코 내 의지는 아니었으리. 이제는 다시 쓸 수 있겠다고 주먹 불끈 쥔 일도 없고, 맘 놓고 써도 되는지 셈을 한 일도 없다. 하긴, 셈을 한다고 꼭 값이 나오는 것도 아니지 않은가.

사람은 누구나 행자다. 길을 나서면 갈림길마다 이정표가 있어 걸음을 옮겨야 할 방향이나 머물러 쉬어야 할 곳을 모두 가르쳐주지는 않는다. 길에서 만난 인연들, 필사적으로 머릿속에 저장해둔 정보들이 때로는 바른길을 가리키는 대신 퇴로 없는 수렁으로 이끌기도 한다. 그래서 때로 우리는 셈을 멈추고 바람에 길을 맡기기도 한다. 어쩌면 내가 갈림길에서 내 앞에 놓인 호미 한 자루를 선뜻 손에 쥐었듯, 다시 글을 쓰게 된 것이 밭에서 만난 풀 한 포기, 호미에 걸려 올라오는 흙 한 줌, 혹은 목덜미를 쓸고 가는 바람 한 줄기의 속삭임에 선뜻 고개 끄덕인 결과는 아닐까.

아직 얼치기인 초보농부의 시계도 그저 도시인으로만 살았을 때에 비해 제법 느려졌음을 느낀다. 느려진 시계를 차고 나니 못 보고 지나치던 주변도 보이고, 잊었던 과거도, 나도 다시 보인다.

"생명을 알았을까?"

텃밭 농사 첫 해의 늦여름, 김장거리를 위해 밭을 일구다가 밭둑에 걸터앉아 한 모금의 담배 연기와 함께 내가 허공에 던진 질문이었다. 밭장이자 20년 지기인 후배 소설가 김한수는 망설임 없이 답을 주었다.

"구호였겠지 뭐."

"…… 그랬을까?"

생명의 법칙을 알아가는 기쁨과 글을 다시 쓰게 된 기쁨, 거기에 또 하나의 기쁨이 더해졌다. 텃밭과 작물 공동체 농사를 짓는 동안 땅이 내어준 작물을 가족에게 먹이고, 때론 지인들과 병이 있는 친구들에게 건네는 기쁨이 그것이다. 내 손으로 농사를 짓기 전엔 결코 맛볼 수 없는 행복이기도 하다.

재작년 봄에 나를 밭으로 불러내 준, 그래서 그 모든 기쁨의 출발점에 나를 세워준 후배 소설가 김한수에게 뒤늦게나마 고마움을 전한다. 언제라도 술 한잔 기울이며 의지할 수 있는 푸근한 길벗이다.

경기도 고양시에서 농사를 지으며 자주 교류하는 도시농부들에게도 감사한다. 하는 짓이 어리숙하되 보기에 밉지는 않다는 의미로 '풍신난 도시농부들'이라 스스로를 칭하는 그들은 생태순환농법의 쉼 없는 탐구자들이자, 고랑과 밭둑에 자라는 풀의 이름과 역할까지도 아낌없이 가르쳐주는 스승들이다.

또한 20년 동안 한 줄의 글도 발표하지 못한 놈에게 문학 블로그에 6개월간이나 이 글들을 연재할 수 있도록 배려해준 출판사 창비와 책을 출간한 삶창에도 깊이 감사하는 마음을 전한다.

마지막으로 내가 나의 기쁨에 빠져 사는 동안 곤궁의 세월을 견뎌준 아내에게 그동안 말로 표현하지 못한, 절을 해도 모자랄 만큼의 고마움을 전한다.

2013년 초여름

정화진

풀 연가

눈길을 돌려보니 고랑 사이, 밭 가장자리,
비어 있는 두둑 언저리마다 겨울나기가 그저 수억 년간의 일상일 뿐인
풀들이 연록의 잎을 떨어 햇빛을 반사하고 있었다.
혼절할 듯 눈이 부셨다.

상추, 겨울을 살아남다

"형, 슬슬 준비하고 농장으로 나오쇼."

"알았다. 밥이나 먹고."

후배이자 장항동 텃밭의 밭장인 한수의 전화를 받았을 때 난 거실에 있는 운동용 자전거 위에 있었다. 자전거 페달 밟기는 벌써 1년 반 가까이 된 내 일과의 1교시다. 먹고 싸고 씻는 것은 다음 차례다. 운동을 한다고 그다지 티는 나지 않지만 하루라도 쉬면 내 허리가 바로 '티'를 내기 때문에 그만둘 수도 없다.

"수술 전보다 좋아질 수는 없을 겁니다. 단, 현상 유지를 위해서라도 등과 배에 근육 만드는 운동을 쉬면 안 됩니다. 아시겠죠?"

내게는 나름 심각한 문제인 근육을 생각할 때마다 실소가 나온다. 나이 때문일 게다. 소싯적에는 이 정도 운동이면 앞뒤로 붙는 근육에 질색이라도 했을 터. 하지만 지금은 근육은 고사하고 올 듯

　　　　　　　　　　　　　　　풍신난 도시농부, 흙을 꿈꾸다

말 듯 사람 안달하게 하는 서툰 봄 날씨에 허리 적응하기도 바쁘다.

한수가 운전하는 트럭에 얹혀 밭에 나가니 농장의 한가운데 곱게 자리 잡고 있는 우리 텃밭의 이랑들이 정겹게 맞아준다. 우리 텃밭이 고와 보이는 이유는 농장 전체 500여 평의 밭 중에 우리 밭만 작물을 품고 있기 때문이다. 김장거리가 끝나고 휴면에 들어간 다른 밭들과는 달리 우리 밭은 양파, 마늘, 시금치, 상추와 부추, 봄동까지 겨우내 언 대지에 둥지를 틀고 있는 것이다. 그래서 우리 밭에는 곱디고운 왕겨가 이부자리처럼 덮여 있다.

하지만 이처럼 사랑스런 밭과의 첫 대면은 지금도 떠올리고 싶지 않을 만큼 혹독했다. 솔직히 살면서 한 번도 텃밭에 나오고 싶어본 적이 없었다. 가끔 나와서 바람만이라도 쐬고 가라던 한수의 권유조차도 귀찮게만 들렸다. 내가 오랫동안 자연과 그 현상에 가졌던 관심을 생각하면 정말로 역설적이었다. 아마도 그것이 내 몸, 그중에서도 머리가 가장 고통스러웠던 이유는 아니었을지.

내가 밭에 나간 것은 수시로 내 집에 들러 자신이 기른 야채를 한 봉지씩 던져주고 가던 후배 한수에 대한 미안함 때문이었다. 그가 한참 밭을 만들고 작물을 심던 작년 봄, 최소한 호미질 정도의 도움은 돼야 한다고 생각했다. 하지만 호미질을 하는 내내 난 극심한 두통에 시달려야 했다.

내 정수리 부근 두개골의 이음새 사이에 누군가 정을 박고 망치로 톡톡 내려치는 듯한 느낌. 그 와중에도 머릿속은 온갖 상념으로 곤죽이 되어 있었다. 거기에 수술 후유증이 남아 있던 허리 통증이 시간이 지날수록 더해져 더는 견딜 수 없을 때에도 한수를 바라보면 잠시 쉬자는 말 한마디 꺼낼 엄두가 나지 않았다. 내 눈에 들어온 것은 호미질 와중에도 지극히 평온해 보이기만 하던 그의 등판뿐.

정수리가 반쯤 벌어졌다고 느꼈을 즈음엔 허리의 통증은 아예 느낄 수조차 없었다. 결국 그의 행보에 맞춰 세 시간여 밭일을 끝냈을 때 나는 초주검이 되어 있었다. 그날 저녁의 소주는 진통제 그 이상도 이하도 아니었다.

난 또래에 비해 유독 도시적 취향이 강한 편이었다. 어디에 살든 집에서 걸어 5분 거리에 술집과 당구장 정도는 있어야 했다. 그래서인지 훗날 내가, "까짓 놈의 술집이나 당구장. 이젠 있어도 그만, 없어도 그만이다"라고 말했을 때 그날 함께한 술친구들의 야유가 빗발쳤다.

"하긴, 주막 하나쯤은 있어야겠네."

신고식의 진도가 너무 빨랐던 것일까. 텃밭 농사 둘째 날, 똑같은 호미질에 머릿속이 가을 하늘처럼 맑아지는 경험을 한 후에 나도 몰래 중독되기 시작했다.

그날 오후 한수와 함께 도착한 텃밭엔 작년 늦가을에 심어놓은 양파와 마늘이 왕겨를 두툼하게 덮은 채 힘찬 싹들을 내밀고 있었다. 두 갈래 혹은 세 갈래로 나오는 마늘의 어린싹들은 살짝 손끝

풍신난 도시농부, 흙을 꿈꾸다

을 대기만 해도 눈물 한 방울 떨어뜨릴 듯 순진한 자태를 띠고 있었다. 겨우내 두둑에 탈색된 채 들러붙어 죽은 듯이 보였던 양파도 연록의 새순으로 이랑들을 물들이기 시작했다.

그 아름다운 영역의 한가운데 우리가 새 농장으로 옮겨 심어야할 부추와 상추밭이 있었다. 다년생인 부추는 왕겨나 낙엽 한 겹 없이 맨몸이었고, 작년 가을에 새로 심었던 적상추는 단 한 겹의 비닐만을 쓴 채 여린 잎으로 겨울을 났다.

"이야, 뿌리들 좀 봐. 이렇게 우람할 수가 있나?"

"그러게 말이유. 이러니 부추밭에 풀이 못 자라지. 게다가 겨울을 난 놈들 아니오."

호미를 깊이 박아 부추를 뿌리째 떠내던 우리의 입에서는 연신 감탄사가 터져 나왔다. 땅 위의 부추는 마지막 잘린 그 상태로 단 한 치도 자라지 않았는데, 땅 밑의 뿌리는 왕성하게 몸집을 키운 것이다.

상추도 마찬가지였다. 겨울 난 상추를 본 적이 없는 나로서는 그 뿌리 크기에 벌린 입을 다물 수 없었다. 비록 부추에 비길 바는 못 되지만 그간 봐왔던 여린 상추의 뿌리라 보기엔 하나같이 대물이었다. 그뿐이랴. 그 잔뿌리의 무성함이라니!

우리가 해준 일이라곤 가느다란 철사들을 얼기설기 땅에 박고 홑겹의 비닐 한 장을 씌웠던 것뿐이다. 통기를 위해 양쪽 끝 부분을 조금씩 열어주었으니 한낮의 햇빛을 담았으면 얼마나 담았으

라. 밤마다 영하 10도를 넘나드는 추위에 이파리는 크기를 멈춘 채 죽은 듯 시들어 있었지만 땅속뿌리는 물을 찾아, 얼지 않은 흙을 찾아, 또한 혹한을 이겨낼 양분을 찾아 밑으로 옆으로 사력을 다해 전쟁을 치르고 있었던 것이다. 가끔 들러 볼 때마다 그저 동면하고 있다 생각했으니 난 지독히도 무식한 놈이었나 보다.

문득 옛 직장 상사가 들려준 사막 이야기가 떠올랐다. 1980년대에 그분은 건설노동자로 이란인지 이라크인지에 가 있었다. 1년에 한 번, 하루나 이틀짜리 우기가 지나면 사막 전체가 꽃밭으로 변한다고 했다.

"비 그친 다음 날부터 바로 피어나거든. 아주 미친 듯이 피어난다고. 사막에서는 대략 보름 동안은 차로 몇 시간이고 달려도 꽃밭이야. 극한의 환경에서 식물이 살아남는 방식인 게지. 1년이고 2년이고 기다렸다가 단 반나절이라도 비만 왔다 하면 장관도 그런 장관이 없다니까. 꽃 피는 산천에서 온 우리의 심정이 어땠겠어? 그런데 그 보름이 지나면 그 많던 꽃이 모조리 떨어지고 모든 풀들이 시든 넝쿨이 되어 사막에 데굴데굴 굴러다닌다고. 을씨년스럽기가 말도 못해. 하루아침에 천국에서 지옥으로 바뀌는 거지."

나중에 알게 된 사실이지만 순식간에 마른 넝쿨이 되어 바람 부는 대로 사막을 정처 없이 굴러다니는 사막의 풀들은 마지막 전쟁, 즉 사막에 씨를 흩어놓는 일을 수행하고 있었다. 정확한 계산에 의해 뿌려진 씨앗은 물기 한 점 없는 사막의 모래 속에서 영겁

풍신난 도시농부, 흙을 꿈꾸다

과 같은 세월을 참아내는 것이다. 심지어 100년을 기다렸다가도 비만 만나면 싹을 틔운다고 하니 그 지능에 어찌 인간의 수치를 들이댈 수나 있겠는가.

부추를 옮기기 위해 포대에 담은 다음, 기다란 플라스틱 화분에 상추를 쌓기 전에 의식을 치르듯 여린 잎들을 쓰다듬었다. 그 손끝에 내가 건넬 수 있는 최대한의 경의를 실었다. 겨울을 살아남은 상추. 초보 도시농부인 내가 길에서 만난 스승.

갑자기 센 바람이 불어 내 모자가 휴경 중인 이웃 밭으로 날아갔다. 모자를 줍기 위해 뛰어간 밭 주변엔 쑥과 냉이, 돌나물, 그리고 아직 꽃을 피우지 못한 민들레까지 유난히도 들풀이 가득했다. 나는 모자를 쓰다 말고 주저앉아 홀린 듯 풀들을 바라보았다.

바닥에 납작 붙어 있는 풀들이 센 바람에 간지럼 타듯 몸을 떨어대고 있었는데 그 모습이 마치 까르르 웃어대는 봄 마실 나온 소녀들 같다. 멈춰진 시간. 문득 웃음 섞인 소녀들의 조롱을 들었던 것 같다.

"상추 하나 겨울 난 걸 갖고 웬 호들갑이래?"

"머리는 허연데 영락없는 칠푼이네, 호호호."

눈길을 돌려보니 고랑 사이, 밭 가장자리, 비어 있는 두둑 언저리마다 겨울나기가 그저 수억 년간의 일상일 뿐인 풀들이 연록의 잎을 떨어 햇빛을 반사하고 있었다.

혼절할 듯 눈이 부셨다.

오줌이 재산이다

간밤의 꿈 한 자락.

전망이 꽤 좋은 방이었다. 엄밀히 말해 전망을 알 수는 없는 방이었다. 방의 크기도 굉장했고 단 한 장짜리 창의 크기도 사방으로 내 키의 몇 배는 되었기 때문에 방이 큰 것은 사실이었다. 하지만 창밖은 칠흑 같은 어둠뿐이었으므로 난 오로지 먼 아래쪽에서 들리는 파도 소리만으로 전망을 기대하고 있었다.

그 넓은 방 창문 바로 앞에 작은 책상이 하나 있었다. 나는 책상 위에 있는 컴퓨터로 시를 쓰고 있었다. 시를 쓰다가 잠시 쉴 겸 창밖의 바람과 파도 소리에 취해 있는 동안 바지 주머니에 손을 찔러 넣었다. 뭉툭한 종이 덩어리가 잡혔다. 꾸깃꾸깃 뭉치로 접혀 있는 종이를 책상 위에 펼쳐놓으니 복권들이다. 찬찬히 날짜들을 살펴보니 일주일에 한 장씩이었다.

혹시나 하는 마음에 인터넷을 켜고 한 장을 조회해보니 3등.

'내가 이 많은 것들을 왜 맞춰보지도 않고 갖고만 있었던 거지?'

한 장씩 맞춰볼 때마다 내 입에서는 신음 소리가 새어 나오고 창밖의 파도 소리도 급해져 갔다. 단 한 장도 당첨되지 않은 것이 없었다. 1등은 없지만 하나 건너씩 나오는 2등 당첨만으로도 10억이 훌쩍 넘어버렸다. 난 더 이상의 당첨 조회를 중단하고 나머지 복권들을 창밖으로 날려버렸다. 그러고는 확인된 복권들을 한 장씩 정성껏 펴서 바지 주머니에 다시 집어넣었다.

그거면 됐다. 늘 꿈꿔왔던 마을. 그 돈이면 나이 들어 네댓 명의 친구들과 함께할, 밭 자리와 집터를 포함한 작은 공동체 부지를 마련하기에 충분했던 것이다. 기분이 들뜬 나머지 내 입안엔 침이 가득 고였을 정도였다. 난 그 기쁜 소식을 친구들에게 빨리 전해야만 했다. 해서 부리나케 핸드폰을 집어 들었을 때 마침 누군가에게서 문자가 도착했다.

"염병, 아주 꿈트를 써라."

핸드폰의 문자 신호음에 잠이 깼을 때 내가 제일 먼저 뱉은 한마디였다. 너무나 달콤하게 빠져 있던 꿈이었기에 그토록 작은 신호음에 깼다는 것이 믿기지 않았다. 시쳇말로 내 인생이 이렇게 저렇게졌나 하는 생각이 뒤를 이었다. 여태껏 살아오면서 내 꿈에 그런 횡재가 등장해본 적이 없기 때문이다. 올해 들어 종종 복권을 '진지한 심정으로' 사고는 했는데, 아마도 그 욕망이 반영된 것이었는지.

게으른 도시농부답게 해가 중천에 뜬 뒤에야 밭으로 나갔다. 좀 늦은 감은 있지만 겨울을 난 마늘과 양파밭에 웃거름을 주는 날이다. 밭장인 한수의 도착이 꽤 늦어져 이유를 물으니 오줌을 꾸러 다른 농장에 들렀다 왔다고 한다.

"우리 밭에도 오줌 있잖아?"

"우리 오줌은 작년 김장거리를 끝으로 다 썼잖우."

"그래? 그나저나 꿨으니 갚아야겠군."

"그럼. 열심히 싸고 모아서 갚아야지. 말통으로 하난데."

맞다. 유기순환농법을 기치로 삼는 도시농부들에게 오줌은 큰 재산이다. 그렇기 때문에 텃밭에 '생태 뒷간'을 짓는 것이 아닌가. 하지만 텃밭에 겨우내 사람 출입이 거의 없었으니 우리 뒷간의 오줌통도 찼을 리 만무했다. 돈으로도 살 수 없는 재산을 빌렸으니 필히 갚아야만 할 것이다.

주변의 도시농부들에겐 '3무(無)' 철칙이 있다. 농약 안 치기, 화학비료 안 주기, 두둑에 검정 비닐 안 덮기가 그것이다. 물론 우리들은 자급 밥상을 위한 소농이기 때문에 충분히 지킬 수 있는 원칙이지만 혼자 힘으로, 때로 사람을 고용해 수천 혹은 수만 평의 농사를 지어야 하는 생계형 농부들에게는 현실적으로 불가능하다.

풀이나 벌레와의 살벌한 전쟁을 치르지 않겠다고 마음만 먹으면 농약이나 검정 비닐은 금세 잊을 수 있다. 하지만 화학비료를 대체

풍신난 도시농부, 흙을 꿈꾸다

할 영양분은 어디에선가 만들어 공급해줘야 한다. 오줌이 재산이 되는 이유가 여기에 있다. 숙성시킨 오줌의 희석액은 적당량의 질소뿐 아니라 땅과 작물에 필요한 무기질들을 함께 공급해주는 잘 차려진 밥상과도 같다.

화학비료를 쓰지 않으려는 이유는 그것이 뿌리로 흡수되는 질소만을 과다하게 함유하고 있기 때문이다. 질소가 식물의 생육에 필수적이라는 사실은 삼척동자도 안다. 하지만 질소 폭탄을 맞은 작물은 미친 듯이 자라기는 해도 다른 영양소가 부족해서 면역력도 섬유질도 부실할 수밖에 없다. 그렇게 자란 작물의 과다한 질소 함유량은 강력한 발암물질인 니트로소아민을 만드는 근원이 된다고 하니, 유난 떤다는 핀잔을 들어도 내 사랑하는 사람들의 입에는 넣어줄 수 없다. 최소한 내가 키우는 작물에 한해서는 말이다.

작년 가을 김장거리로 심었던 무가 제대로 자라지 못해서 우리의 속을 시커멓게 타들어 가게 한 적이 있었다. 무도 무려니와 하늘로 퍼렇게 솟고 있어야 할 잎들마저 누렇게 뜬 채 시들고 있었던 것이다. 혹여 병이라도 걸린 것이 아닐까 하여 며칠을 노심초사하고 있던 어느 날, 밭에 놀러 온 10년 차 도시농부가 간명한 진단을 내렸다.

"병이 아니고 영양부족이에요. 무 이랑 쪽의 흙이 좀 그런 모양이네. EM(Effective Micro-organisms)의 미생물만 갖고 양분이 해결되는 것은 아니거든요. 지금 제일 좋은 건 오줌인데, 받아놓은 거 있죠?"

그날 우리 텃밭엔 오줌 비가 흠뻑 내렸다. 그뿐이랴. 그 빗속엔 후배가 아껴 쓰고 남겨두었던, 현미 식초에 게 껍데기를 발효시킨 천연 칼슘제도 섞여 있었다. 다음 날 찾은 텃밭에선 양기가 넘쳐나고 있었다. 파랗게 되살아나는 무 잎들은 마치 꾀병 후에 '꼬숩게' 미소 짓는 악동들 같았다.

한수는 지난번 옮겨심느라 파냈던 상추밭을 새로 일구고, 나는 오줌을 물에 섞어 왕겨를 덮고 있는 마늘과 양파밭에 웃거름으로 주었다. 오줌 희석액을 쉼 없이 뿌리는 동안 몇 번이나 간밤의 꿈을 떠올리고는 실소를 지었다. 내가 주고 있던 거름은 정작 돈으로도 살 수 없는 것이기 때문이었을까. 아무리 농사에 재미가 들고 작은 마을의 꿈이 소박하다 해도, 밀려오는 부끄러움을 억제할 수가 없었다.

말통 여덟 개 분량의 웃거름을 주고 나니 허리가 꽤 뻐근했다. 빌려온 오줌의 반 정도를 썼으니 그만하면 하루 거름으론 충분히 준 셈이었다. 그새 밭을 일구고 씨까지 다 뿌린 밭장 한수가 휴식을 청한다.

밭둑에 걸터앉아 담배 한 대 물고 둘러보니 오줌 먹은 밭의 풍경이 후덕하다. 한수가 흡족한 표정을 지으며 한마디 툭 던진다.

"내 속이 다 든든하네."

옛말에, 세상에서 가장 듣기 좋은 소리가 두 가지 있다고 했다.

풍신난 도시농부, 흙을 꿈꾸다

내 논에 물 들어가는 소리와 내 새끼 입에 밥 들어가는 소리. 배고 픈 새끼에게 밥을 먹였으니 그나 나나 덩달아 속이 든든할밖에.

밭일을 끝낼 무렵 오줌기가 배어 있는 흙을 조금 떠서 손바닥 위에 올려놓았다. 수업시간에 들었던 흙 강좌의 한 자락을 둔한 기억력으로 되짚어본다. 건강한 흙 한 숟가락에 들어 있는 수억 마리의 미생물. 흙, 미생물, 수분과 공기층이 조화를 이루고 있는 떼알구조. 자유로 변 일산의 매립지였던 이 터가 3년간의 유기농으로 어느 만큼의 건강을 회복하게 됐는지 초보인 나로서는 아직 알 수 없다. 다만, 코끝에 와 닿는 흙의 향이 감미로울 따름이다.

집으로 돌아오는 길에 한 가지 결심을 했다. 집에 가면 화장실 변기 옆에 페트병부터 갖다놓으리라. 내 농사일을 탐탁잖게 여기는 마누라가 눈살 찌푸릴까 봐 미뤄왔던 결정이었다. 열심히 싸서 빌린 것도 갚고, 올해 내가 호미질할 두세 곳의 밭에 든든한 재산으로 쌓아놓으리라.

아, 시원타!

풀 연가

    우리 가족이 사는 아파트는 불과 네 동뿐인 작은 단지다. 인근에 신도시형으로 개발된 대단위 단지들과는 제법 떨어져 있어 약간의 불편을 감수해야 한다. 걸어서 10분 거리에 버스 정류장이 있으나 집으로 이어진 밤길이 침침해 딸내미들이 학교에서 늦게 들어오는 밤엔 정류장으로 마중을 나가기도 한다.

    그래도 3년 전 인천에서 일산으로 건너올 때 내켜 하지 않던 마누라를 설득해서 이 단지로 들어온 이유는 외져서 불편한 만큼 얻을 수 있는 혜택이 많았기 때문이다. 가격에 비해 너른 평수, 외진 데서 오는 조용함, 코끝에 와 닿는 맑은 공기. 무엇보다 마음에 들었던 것은 단지 후면에서 뒷동네로 이어지는 소담한 산책로였다. 처음에 집을 보러 온 날 거실에서 바라본 창밖의 풍경은 작은 놀이터를 품고 있는 한 폭의 천연 정원이었다.

풍신난 도시농부, 흙을 꿈꾸다

특별한 일이 없는 늦은 오전, 혹은 이른 오후에 강아지와 산책로를 걷는다. 우리 부부가 교대로 산책을 나가는 것은 아파트 생활을 해야 하는, 그래서 마당 한 뼘 제공받지 못하는 강아지에 대한 최소한의 배려이자 그 참에 우리도 한적한 걸음걸이를 즐기기 위함이다.

봄바람이 불고 푸른 잎새들이 기지개 켜기 시작하면 사람뿐 아니라 개도 들뜬다. 날마다 새로이 풍겨나는 냄새의 근원을 찾고자 그 코는 쉴 새 없이 킁킁거리며 풀밭과 새순, 그리고 간간이 허공 사이를 뒤진다. 그런 모습을 볼 때마다 '저놈은 대체 얼마나 많은, 내가 모르는 정보를 간직하고 살 텐가?' 하는 궁금증이 인다.

열흘 전쯤, 노상 걷던 산책길 한 모퉁이에서 뜻하지 않은 만남을 가졌다. 그날따라 길동무인 강아지가 봄 내음을 찾아 조금 더 깊이 들어간 덕이었다. 그곳은 늘 산책의 후반부에 스쳐 지나가던 외진 곳이었는데, 다섯 송이의 할미꽃이 소나무 가지 사이로 스며든 볕이 힘에 부친 듯 목을 늘어뜨리고 있었다. 그 뒤에서 기세등등하게 초록의 기운을 뻗어내고 있던 원추리 무리와는 사뭇 대조적인 모양새였다. 줄기에서 꽃잎까지 하얀 솜털로 덮여 있는 할미들 앞에 쪼그려 앉아 젊은 시절 그들과의 첫 대면을 떠올렸다.

한동안 산에 빠져 살던 시절이었는데 그날도 주변엔 원추리가 그득했었다.

"형님, 새침하게 고개 숙인 이 예쁜 꽃은 이름이 뭡니까?"

"할미꽃이라네."

"그럼 여기 퍼렇게 쑥쑥 올라오는 풀은요? 긴 잎이 두 개씩 마주 보며 나오다 뒤로 벌어지는 이놈들 말입니다."

"그건 원추리라고 하지."

"아, 이게 원추리예요? 된장국에도 넣어서 먹는다는?"

"그럼. 그것들도 여름이면 노란 꽃을 피운다네."

"풀도 꽃을 피웁니까?"

"허어, 이 사람 보게."

내가 친구들과 함께 따라다니던 그 형님은 당시에도 이미 30년 이상 산행을 하던 분이었는데, 산을 오르며 나누던 대화가 깊어질수록 드러나는 내 무지함에 적잖이 놀라셨던 것 같다.

"명색이 작가라는 사람이 들풀 이름 하나 제대로 아는 게 없고, 게다가 풀이 꽃을 피운다는 사실조차도 모른대서야 말이 되겠는가?"

"어려서부터 서울에서만 살아서 그런가. 아느니 노란 꽃은 개나리요, 보라는 제비꽃, 분홍은 진달래인 거죠. 가만, 그러고 보니 제비꽃은 나무가 아니라 풀이었네."

변명 한마디를 더할 때마다 난 부끄러움에 귓불까지 빨개졌을 것이다.

"지금이라도 늦지 않아. 식물도감 하나 사서 산에 올 때마다 배낭에 넣고 다니게. 진지하게 한번 생각해보게나."

풍신난 도시농부, 흙을 꿈꾸다

"정말이지 그래야겠어요."

할미들 앞에 쪼그려 앉아 나도 그네들처럼 목을 늘어뜨린 채 20여 년 만의 해후를 만끽했다.

'지금은 그대들이 궁금해 미치겠어.'

내 수중에 아직도 식물도감이 없는 걸 보면 선배의 제안을 그리 진지하게 받아들이지는 않았던 것 같다. 그런데 나이가 들어 농사를 배우기 시작한 지금은 풀에 대해 알고 싶은 것이 한없이 많다.

산책하다가 만나는 나무들. 개나리와 진달래, 민들레, 벚, 산수유, 목련, 라일락……. 걸음을 옮길 때마다 발치에서 만나게 되는 산책로의 풀들. 두둑이든 고랑이든 가리지 않고 농장 도처에서 숨을 내뿜는, 작년만 해도 내가 잡초라 불렀던 그들의 이름과 속내를 이제는 꼭 알고 싶은 것이다.

지난 주말 흥미로운 여행을 했다. 내가 다니고 있는 고양도시농부학교 수업 과정의 하나로 여주, 원주, 그리고 횡성에 이르는 1박 2일의 워크숍이었다. 들르는 곳마다 학생인 우리에겐 버릴 것 하나 없이 유익하기만 한 배움거리로 가득했다.

횡성여성농민회는 돌아오는 날 오전 마지막 여정으로 들른 곳이었다. 읍내 한적한 주택가에서 어린이집과 같은 공간을 쓰고 있었는데, 토종 종자 발굴의 열정으로 가득한 곳이었다. 강사의 이야기를 듣는 동안 토종 씨앗을 찾아 전국을 헤매며 발품을 팔았을 그녀의 고단함이 고스란히 느껴졌다.

시골 할머니들에게서 어렵게 얻은 토종 씨앗을 공동체 농장에서 경작하게 하고, 자신은 작물 생산보다 씨를 받아 보급하기 위한 채종밭을 일구는 데 더 집중한다고 했다. 영상을 보니 공동체원들은 그동안 관행농으로만 농사를 지어온 60~70대의 아낙들이었다.

알도 작고, 수확량도 훨씬 적게 나오는 토종 종자를, 그것도 '3무' 원칙을 제대로 지키는 유기농법으로 재배하도록 설득하는 일이 어디 쉬웠겠는가. 유난 떤다는 지청구도 숱하게 들었을 터. 그래도 생협을 포함한 도시의 소비자 회원들과 직거래망을 넓혀가면서 조금씩 기반을 다져나가고 있었다.

"점심을 이곳의 제철거리로 꼭 하시고 싶다길래……."

공동체원들의 체험 가득한 이야기를 끝낸 후 강사가 살짝 수줍은 미소를 지으며 몇 가지 야생초들을 탁자에 꺼내놓았다.

"오늘 아침에 제 밭에 나가서 야생초 몇 가지를 뜯어 왔습니다. 어차피 지금의 제철거리는 들에 나는 나물들이니까요. 그리고 아까 말씀드린 대로 도시에 있는 소비자들에게 일주일마다 보내드리는 꾸러미에 요즘 동봉되는 제철거리이기도 합니다. 그런데 잘 모르는 풀들일 테니 설명을 좀 해드릴게요."

그녀가 하나씩 탁자 위에 펼쳐놓은 것은 보리댕이, 소리쟁이, 지청개, 쏙새(씀바귀). 탁자 주변에 앉아 있던 우리 일행이 모조리 일어나 풀 주변으로 모여들었다. 강사의 설명을 한 마디라도 놓칠세라 귀 기울이더니, 설명이 끝나자 나를 포함한 모두가 핸드폰을 꺼내 들고 사진 찍기에 바쁘다. 그 소동이 재미있었던지 강사는 한 발 뒤로 물러서며 이럴 줄 알았으면 몇 가지 더 뜯어올걸 그랬다며 아쉬워했다.

오랫동안 닫혀 있던 욕망의 한 귀퉁이가 뚫려버리기라도 했던 것일까. 풀들은 마치 우리의 머리가 원하는 지식의 대상이 아니라 몸이 원하는 또 하나의 몸이었던 것 같다.

그 나물들을 버무린 무침에 밥과 고추장을 비벼놓고 마주 앉으니 마음이 다 경건해진다. 철마다 식용으로 들과 산에 있는 풀들을 캐 드신 분들은 이미 여든이 다 넘으셨다고, 증산에 매진했던 새마을운동 세대인 60~70대 분들만 해도 야생초에 대한 이해가 부족하다던 강연 내용이 바늘처럼 가슴에 와 박힌다.

점심을 먹던 우리는 야생초에 대한 이해가 전무하다시피 했고, 그간의 삶 또한 도시를 벗어나본 적이 없었다. 농촌 출신이 일부 있었지만, 그들에게 있어 어릴 적 산과 들은 그저 벗어나고만 싶은 곤궁의 굴레일 뿐이었다. 하지만 나도 그들도 새로 되찾게 된 과거에 허겁지겁 달려들고 있었던 것이다. 한 입 떠넣을 때마다 입안에 홍건히 고이는 향에 감탄하면서.

밥에 섞여 있던 지칭개 덕에 입안에 쌉싸름한 향이 맴돈다. 날것은 씀바귀의 열 배는 더한 쓴맛이었다. 쓴맛이 가시기 전에 횡성막걸리 한 모금 입에 담으니 절묘하게 달콤해져서 또 한 숟가락. 보리새우를 넣고 끓였다는 소리쟁이 된장국은 아욱국보다 더 진한 향을 남겼다. 한 끼의 점심이 이런 스승이 될 줄이야.

  아무래도 풀과 사랑에 빠지려나 보다.

아이들에게 볕을

서울 중고생 43.4%, "스트레스 많다"

엊그제 오전 인터넷으로 뉴스를 검색하다가 포털 사이트 메인에서 만난 기사의 말머리였다. 결코 놀랄 만한 기삿거리는 아니었다. 대한민국 학부모라면 누구든, 또한 혹독한 학창 시절의 기억을 갖고 있는 젊은이들이라면 누구든 알고 있는 사실이다.

그럼에도 내가 그 기사에 주목하고 마우스를 클릭했던 이유는 그 43.4%의 내용을 알고 싶어서였다. 왜냐하면 스트레스가 많다고 느끼는 서울의 중고생 비율이 50%도 되지 않는다는 사실이 도리어 믿기지 않았기 때문이다.

기사에서 밝혀놓은 스트레스의 주요 요인은 잘하건 못하건 짊어지고 가야 하는 공부에 대한 압박, 턱없이 부족한 수면 시간 등이었다. 깜짝 놀랄 만한 내용도 있었다. 12세 이하의 49.6%, 즉 절반가량이 낮에 부모를 보지 못한다는 사실이다. 역시 서울이다 싶었다. 부부의 맞벌이 때문이든 아이의 학원 시간표 때문이든 영아에서 초등학교 6학년에 이르기까지 방과 후 엄마, 혹은 아빠가 만들어주는 간식을 먹을 수 있는 비율이 절반밖에 안 된다는 사실.

"학교 다녀왔습니다. 밖에서 놀다 올게요."

낮에 부모를 볼 수 있는 아이들 중에서도 집에 들어서자마자 가방을 내팽개치며 당연한 듯 이런 말을 할 수 있는 아이들은 또 몇이나 있겠는가.

기사 얘기를 좀 더 해보자. 서울의 중고생들이 느끼는 스트레스 인지율이 성인들보다 더 높다고 한다. 최근 1년 동안 2주 내내 일상생활을 중단할 정도로 슬프거나 절망감을 느낀 경험이 있다고 응답한 비율은 남녀 학생 평균 34.4% 정도라 한다.

기사를 다 읽고 나자 학업 부담, 수면 부족, 교우 관계, 부모나 선생과의 관계 등 뻔한 항목들의 숫자는 하나도 기억에 남지 않았다. 아이들에 대한 걱정에 앞서 벼락처럼 먼저 든 생각. 이 기사를 본 어른들이 과연 이 통계치의 심각성을 인식할 수 있을까. 그중에서도 현 교육계에 있는 '교육 전문' 관료들이 저 34.4%가 자살 충동을 동반하는 우울증을 겪고 있다는 사실을 알 수 있을까. 모른다면 알려고 무언가를 뒤적이기는 할까.

학원 선생으로 있던 시절에 내가 가르치던 '고3반'은 특별한 교재가 없었다. 그저 수능 전까지 모의시험과 해설 강의의 연속이었다. 매년 1월쯤에 내가 아이들에게 하는 강의의 첫 대목은 대체로 이랬다.

"이제부터 너희들은 나이도 성도 없는 대한민국의 독립 계급 고3이다. 여자들은 생리할 때만 자신이 여자라고 느껴라. 남자들은 참다 참다 어느 밤 몽정을 하게 될 때만 자신이 남자라고 느껴라. 버스 타면 단어장 먼저, 밥 줄 기다릴 때도 단어장 먼저, 똥 싸러 가서도 속옷 내리기 전에 단어장이 먼저다."

세상 어느 교육에 이따위 가르침이 있는가. 말을 내뱉는 자가 수치를 느낄 만큼 노골적이고 모욕적인 훈시다. 하자만 돈 내고 학원을 찾아오는 아이와 그 부모들을 1년 뒤 웃게 하려면 그렇게라도 아이들의 마음을 다잡아야만 했다.

여름 어느 날이었다. 그날 해설하던 모의고사 문항은 일조량과 우울증의 상관관계를 실험 사례를 들어 설명한 기사였다. 일조량이 부족하면 지구상의 모든 동식물계가 앓는다는 사실이야 모두가 아는 상식이지만, 인간은 우울증까지 걸릴 수 있다는 것이 아이들의 흥미를 끌었던 것 같다.

"이거 완전히 우리 얘기네."

해설 도중에 한 녀석이 중얼거리자 교실 전체에 자조 섞인 웃음이 일렁였다.

"그래, 니들 얘기다. 그러니까 대학 들어가면 1년 동안은 원 없이 놀란 말이지. 토익이니 토플이니 개나 하라 그래. 그렇다고 술집이나 클럽만 가지 말고 미친 듯이 산과 들로 쏘다니라고. 그래야 산다, 이놈들아."

아이들이 잘 모르는 사실이 하나 있기는 했다. 우울증이 얼마나 무서운 정신질환인지 아이들은 알지 못했고 나도 애써 설명해주지 않았다. 행여 흔들리는 눈동자들을 보게 될까 두려웠던 것이다.

얼어 있던 대기에 동풍이 스미기 시작하면 해가 눈에 띄게 길어지고, 들에는 하루가 다르게 초록이 번진다. 그러다 어느 한낮, 날이 따뜻해 겉옷을 잠시라도 벗을 즈음 주변을 돌아보면 어느새 한두 송이의 꽃들이 세상을 안고 있다. 하, 그 어여쁨이라니!

하지만 볕을 제대로 받지 못해 채 꽃을 피우지 못하거나, 피우다 말고 시들한 꽃잎을 떨어뜨리는 풀을 상상해보라. 0교시 수업에 맞춰 등교를 하고 저녁 9시, 혹은 10시까지 학교 교실에 묶여 있는 인문계 고등학교 아이들. 그뿐이랴, 컴컴한 밤에 교문을 나서면 바로 학원이다. 고등학교 3학년이 되면 토요일도 일요일도 없다. 새벽 1시나 돼야 집으로 들어가는 아이가 과연 하루에 몇 분이나 볕을 쬤을까.

우리 세대는 요즘 애들 덩치만 컸지 체력, 인내력 모두 형편없다고 한탄한다. 매스컴도 학생의 자살 사건이나 군대의 끔찍한 돌발 사건이 발생할 때마다 젊은이들의 심약함을 술안주 삼듯이 데스크에 올린다. 하지만 고등학교 3학년이 되면 학교의 체육 시간조차 사라진다는 사실을 공공연하게 알려주는 프로그램을 본 적은 없

풍신난 도시농부, 흙을 꿈꾸다

다. 자식의 '저질 체력'과 심약함을 개탄하는 부모들조차 고등학교 3학년인 자기 자식들의 학교에서 체육을 시간표대로 운영한다면, 아마 그 교장의 멱살을 잡으려 달려들지도 모른다.

학업 부담, 수면 부족, 부모와의 갈등, 집단 따돌림……. 이 사회가 세부적인 항목을 나눠 분석하는 데 있어서 참으로 뛰어나다는 생각은 든다. 물론 필요한 일이다. 하지만 그 모든 항목에 관통되어 있을지도 모를, 근본에 대한 통찰엔 왜 그리 인색한지. 소통의 중요성이라는 모범 답안만 전가의 보도처럼 휘두른다.

인색함이 아니라 무지라면 그건 재앙일 수밖에 없다. 심약하다고? 볕을 쬐야 세로토닌이 분비되고, 그래야 엔도르핀도 샘솟고, 고비마다 '아자, 아자!' 할 것 아닌가. 일조량이 적은 북유럽에서 사람들이 우울증에 잘 걸리고 자살률이 높은 이유가 여기에 있다. 혹자는 너무 완벽한 복지가 무기력함을 불러 자살률을 높인다고도 하나, 사람의 목숨이 걸린 일에 관한 한 나는 정치적 견해보다는 과학적 추론에 더 믿음을 준다.

OECD 국가 중 자살률 1위 대한민국. 청소년 사망 원인 1위 자살. 이젠 흔해 빠진 얘깃거리에도 못 낀다. 며칠 전 카이스트의 한 학생이 또 몸을 던졌다. 이제는 학교도 쉬쉬하기에 바쁘다. 20대 초반 아이들 자살 충동의 가장 큰 원인이 경제적 곤궁으로 대두되는 시절이다. 대학의 도서관은 새벽부터 '자리 잡기' 전쟁터가 된 지 오래고, 이제는 새내기들도 그 줄에 선다고 한다. 사회의 질곡은 점

점 깊어지는데 젊은 친구들은 저항할 의지조차도 꺾이고 있다.

우울한 기사를 접할 때마다 자주 떠올리는 그림이 있다. 우울, 절망, 불면과 죽음의 공포 속에서 평생을 살았던 화가 뭉크의 〈절규〉. 어디로 향하는지 알 길 없는 다리와 해안을 둘러싼 검푸른 대지, 붉게 타들어 가며 사그라지는 북유럽의 석양. 남자가 기댈 것은 어느 것 하나 없어 보인다. 심지어 같은 다리 위의 행인들조차 정물에 불과한 타자.

아이 하나가 절망을 이기지 못해 교복 입은 채로 떨어졌다는 기사를 읽을 때마다 나 또한 살인 공모자 중 하나라는 죄책감을 피하지 못한다.

볏짚을 날랐다.

4월의 마지막 날 아침부터 일기예보는 7월의 날씨라고 호들갑을 떨었다. 오전에 고양동에 있는 후배 우보의 농장에서 고추밭을 일굴 때부터 삽질 몇 번에 땀이 흥건히 찰 정도로 뜨거운 날씨였다.

점심을 먹고 우보가 가보라는 논으로 트럭을 몰았다. 유기농 볏단을 선매해두었다는 그 논 입구에 도착하니 멀리 가지런히 펼쳐진 볏짚들이 그리 반가울 수가 없다. 요즘 세상에 보기 힘든 풍경이었다. 세 사람이 낫 한 자루씩 들고 갔다가 볏짚을 둘둘 말아 어깨에 이고 빈 논을 가로지르는 풍경도 밖에서 보면 제법 근사했을 것이다.

몸도 절기에 맞춰 적응하는 법인데 4월에 감당하기에는 너무나 강렬한 햇볕이었다. 밀짚모자조차도 뚫어낼 기세였다. 쉴 때마다 나무 그늘로 숨어들어 가쁜 숨을 몰아쉬어야 했다. 그래도 오후의 작열하는 태양 빛을 받아 온몸을 땀으로 목욕할 수 있다는 사실에 감사했다. 이 나이에도 땡볕이 고마운데 몸이 커가는 만큼 에너지를 뿜어내야만 하는 아이들에게 온종일 닫힌 공간이라니.

아무리 생각해도 아이들에게서 볕을 강탈하는 것은 인권을 박탈하는 것이다. 누가 책임을 지며, 누가 저항할 것인가.

야콘 모종 심은 뜻은

벽제 화장터에서 의정부 방향으로 가다가 잠깐 샛길로 빠지면 나타나는 곳. 걷기도 좋고 운전하기에도 아름다운 산길을 몇 구비만 돌아가면 숨은 듯 살짝 고개 내미는 마을 입구.

선유동, 신선이 놀던 곳이라 한다. 나지막한 능선이 선유동을 병풍처럼 두르고, 해를 가득 안고 있는 마을의 한가운데로는 맑은 개울이 흐른다. 지금이라도 사람들 잠든 밤에 신선이 내려와 놀고 갈 만하다. 그 개울가에 있는 약 250평의 밭에서 주말이면 신선처럼 농사를 짓는 사람들이 있다. 나를 포함한 여덟 명의 회원이 함께 일구는 공동체 밭이다.

선유동 농장은 일반 주말 농부들의 농장과 하나 다른 점이 있다. 전체 밭의 80%에 해당하는 200평이 단 세 가지의 작물로 구성된 것이다. 생강, 울금, 야콘. 그래서 우리는 이 농장을 특용작물

풍신난 도시농부, 흙을 꿈꾸다

공동체라 이름 붙였다.

물론 나머지 50평엔 상추를 비롯한 쌈채소들과 감자, 열무, 양배추, 부추, 파, 콩 등 철마다 가족들의 입으로 들어갈 자급 채소들도 심었다. 개울로 이어지는 밭둑엔 구덩이를 몇 개 파서 맷돌호박도 심을 만큼 알뜰하게 농사를 짓고 있다.

지난 토요일에는 농장 입구에 남아 있던 밭을 일구어 야콘을 심었다. 아무리 뜨거운 오후라 할지라도 사람이 많으니 60여 평의 밭쯤이야 뚝딱하고 만들어낸다. 하지만 밭을 만들었다고 끝난 것은 아니다.

우리가 키운 모종은 한 조각의 관아(혹처럼 생긴 뿌리 종자)에서 많으면 서너 개의 싹이 올라와 있었기 때문에 그것들을 일일이 쪼개서 심는 데 시간이 제법 걸렸다. 야콘을 심고 나니 농장의 밭 공사는 거의 끝나 있었다.

두 달 전 난생처음 관아를 쪼개 모종하우스에 심을 때만 해도 희망보다는 걱정이 훨씬 컸었다. 산흙과 상토를 섞어 깔아준 자그마한 모종밭에 골을 내면서도 초보농부의 손길을 알아차릴까 봐 노심초사가 이만저만 아니었다. 하지만 걱정이 무색하리만치 잘 자라줘 밭을 만들고 모종을 심는 내내 모두 콧노래라도 부르고 싶은 심정이었다.

한수와 함께 장항동 텃밭을 일구던 작년, 밭 주변 여분의 땅을 일궈 열여섯 주의 야콘 모종을 사서 심었다. 텃밭 농사 3년 차이던 그도 처음 심어보는 터라 그저 커가는 과정을 보며 공부할밖에 도리가 없었다. 하지만 인터넷 덕분에 사람 찾아 물어볼 일도 없었으니 초보농부가 느끼기에 얼마나 세상이 편리했겠는가.

때마다 물 주고, 오줌이든 액비든 다른 작물에 주는 만큼의 웃거름만 주었는데도 얼마나 잘 자라주던지! 게다가 녀석들 밑에는 풀도 잘 자라지 않았다.

"이거 다른 작물에 비하면 거의 거저먹기 아냐? 이놈들 굉장히 기가 센 놈들 같다."

"그러게 말이우. 원산지가 안데스라더니, 고지대 비탈길에서 살던 놈들이라 생존력이 굉장한 것 아닐까?"

볼 때마다 한 뼘씩 자라더니 여름이 끝날 무렵엔 거의 내 키만큼 커 있었다. 물론 인터넷으로 검색한 다른 농장의 야콘들보다는 작았지만, 애초에 우리 농사가 크기나 수확량에 연연한 것은 아니었기에 그동안 녀석들이 아낌없이 내어준 잎사귀만으로도 감지덕지했다.

김장 배추를 수확하기 전 열여섯 주에서 제법 많은 야콘과 그 잎사귀들을 수확할 수 있었다. 한수는 공부한 것을 시현하겠다며 잎들은 가져다 덖어 차를 만들고, 뿌리에서 얻은 야콘은 효소를 담갔다. 나 또한 잎의 일부로 효소를 담그기 위해 켜켜이 설탕에 재워두기도 했다. 하지만 야콘을 수확했던 그날 우리는 두고두고 가슴 칠 실수를 저질러버렸다.

풍신난 도시농부, 흙을 꿈꾸다

"이 혹처럼 생긴 게 뭘까?"

아마도 우리가 먹을 공부만 했던 모양이다. 다시 태어날 생명의 근원인 관아를 알아보지 못하고 "당최 모르겠네!"만 연발했으니, 우리의 무식은 가히 찬란한 경지였던 것이다. 보름 뒤쯤 우리가 그 존재를 깨달았을 때 밭에 버려진 관아들은 이미 말라비틀어져 거름이 될 준비를 하고 있었다.

그날의 기억 때문이었을 게다. 올해는 아는 분에게 아예 잘 보관된 관아를 사서 모종 작업부터 시작했다. 올겨울에는 우리 밭에서 난 관아를 잘 저장했다가 내년 봄 다시 모종을 내리라. 그래서 이 생명의 순환을 제대로 한 순배 돌아보기로 한 회원들의 결의도 대단하다.

농사 중에 먹는 참만큼 맛난 것이 있을까. 야콘밭을 만들고 나니 아낙 둘이 참 먹으라고 부른다. 가족 회원들이었다. 집에서 반찬으로 가져온 김치에 밭에서 베어낸 겨울 난 부추를 얹어 부친 부추전. 그 김치 또한 작년에 직접 재배한 재료들로 담근 것이었으니 요즘 세상에 이만큼 귀한 참거리가 어디 있겠는가.

혹시나 해서 주변을 두리번거리니 언제 준비해왔는지 선유동 밭장인 '외양간'이 벌써 비닐봉지에서 막걸리를 꺼내고 있었다. 항상 느끼는 것이지만 젊은 나이에 보통 사려 깊은 친구가 아니다. 막걸리 한 모금에 부추전을 한 점씩 넣고 나니 너나없이 감탄사를 터뜨린다.

"캬아, 입에 착착 감기는구먼!"

어디 입에 감기는 맛뿐이랴. 감탄사를 내뱉으면서 동시에 우리말의 맛깔스런 표현에 나는 또 한번 감탄한다.

짧은 참을 뒤로하고 지난주 생강과 울금을 심어놓은 밭에 볏짚을 덮었다. 지난주 중에 1톤 트럭 한 대분을 가득 채워 미리 옮겨놓은 것이었다. 워낙 많은 인원이 덤벼드니 여섯 이랑이나 되는 생강밭과 울금밭이 금세 가려졌다.

겨울을 나는 작물도 아닌데 볏짚을 덮어주는 이유는 풀을 억제하기 위한 멀칭의 기능도 있지만, 생강이나 울금이 덥고 습한 곳을 좋아하기 때문이다. 둘 다 원산지가 아시아 열대지방이라 한다.

생강은 고려시대에 이미 재배 기록이 있고, 울금 또한 『세종실록지리지』 등에 재배 기록이 있다고 한다. 그 오랜 세월을 한반도에서 살아왔으면서도 수천 년 혹은 수만 년 전 고향의 기억을 간직하고 있는 종자 앞에서 절로 고개가 숙여진다.

이 농장을 특용작물 위주의 밭으로 만들기로 한 것은 물론 그 작물이 갖는 효능 때문이었다. 자급 밥상을 지향하는 도시농부들이 무슨 특용작물이냐며 미래를 위한 돈벌이 연구쯤으로 예단해버릴지도 모른다. 하지만 야콘이든 울금이든 생계와 수익을 위한 특용작물 농장들은 이미 전국적으로 포화 상태가 돼가고 있다. 더욱이 소규모 재래농법으로 그 시장에 출사표를 던질 생각은 추호도 없다.

우리 농장 회원 중 두 명이 당뇨병 환자며 그중 한 명은 오랫동안 혈압약도 복용 중이다. 그것이 그 두 사람이 이 농장에 지원하게 된 즉물적인 동기이다. 내 형은 몇 년째 혈압약과 동맥경화 방지약을 복용 중이고, 형수는 암 투병 중이다. 이건 내가 지원하게 된 즉물적 동기이다.

주변을 돌아보면 굉장히 기이한 현상을 목격하게 된다. 내 또래 다섯이 모이면 그중에 하나는 당뇨 환자이거나 고혈압 환자이다. 개중엔 암 환자도 심심찮게 섞여든다. 한식을 최고의 건강 음식으로 홍보하고, 발효 식품의 박람회장과 같은 이 나라에서 실제로 벌어지고 있는 현실이다. 이유야 대한민국 사회가 강박하는 과중한 스트레스가 됐든, 혹은 짜고 매운 것을 선호하는 식습관이 됐든 현실은 현실이다.

직접적이든 간접적이든 모든 회원들은 동기를 가지고 있다. 해서 잎이 커가는 순간부터 그들은 모두 자신과 가족들뿐 아니라, 한 아름씩 따서 나눠주고픈 사랑하는 이들의 목록을 간직하고 있다. 나 또한 그 목록을 갖고 있다. 그 목록엔 초등학교 동창회에서 만나면 꼭 전해주고픈 몇몇 불알친구들의 이름도 있다.

올해 5월에 심은 작물들이 발효된 효소가 되려면 최소한 내년 11월까지는 기다려야 한다. 초보들에겐 지난한 기다림이겠지만 올 가을까지는 열매 일부와 덖어서 나눠줄 차도 제법 나올 것이다. 쏠쏠한 기쁨이 우리를 기다리고 있다. 물론 돈을 지불하고 사겠다는 사람이 있다면 고맙게 받을 것이다. 농사가 잘되어 그런 여분도 남았으면 한다.

　뉘엿뉘엿 해넘이에 농장을 나서기 전, 기중 잘생긴 야콘 모종 앞에서 몰래 합장하며 맘껏 번창하시라 기원했다.

　　　　　　　　　　　　　　　　풍신난 도시농부, 흙을 꿈꾸다

적과의 동침

어제는 비가 내렸다. 오랜 봄 가뭄 뒤에 오신 달가운 비였다. 여름처럼 뜨거운 날들만 계속되었던 터라 바짝 말라버린 대지를 흡족히 적실 만큼 온종일 내리셨다. 늦은 아침에 눈을 뜨자마자 베란다 창문을 열고 내리는 비부터 확인했다. 단비를 맞으며 기지개를 켜고 있을 작물을 생각하니 내 마음이 먼저 달떴다.

희한한 일이다. 1년 전만 해도 비 오는 날이면 제일 먼저 빈대떡에 소주 한잔부터 떠올렸는데 농사를 배우기 시작하면서부터는 작물이 먼저 내 마음의 문을 두드린다. 어제처럼 가뭄 뒤의 단비에는 달콤한 아카펠라로, 작년과 같은 긴 장마에는 살려달라는 아우성으로.

'사진이나 몇 장 찍고 올까나?'

아침에 맑게 갠 하늘을 감상하다 문득 뒷머리가 땅기는 불안감을 느꼈다.

"아차!"

부지런히 기억을 더듬어 날짜를 계산해보았다. 계산을 끝내자마자 가슴이 덜컥 내려앉는다. 마늘과 양파가 있는 장항동 텃밭에 김을 매준 지가 보름 가까이 된 것이다. 올해 들어 작물 공동체 한답시고 두세 곳 농장의 일을 하다 보니 내 첫 정인 텃밭을 잊고 있었나 보다. 다급한 마음에 이빨도 닦는 둥 마는 둥 서둘러 밭으로 차를 몰았다.

바야흐로 풀이 미친 듯 솟구치는 때가 아닌가! 짧은 거리였지만 운전하는 내내 자신을 꾸짖었다. 하지만 밭에 도착했을 때 눈앞에 펼쳐진 예상 밖의 풍경에 난 두 눈을 의심하지 않을 수 없었다.

"허어, 정말일세!"

텃밭 초입에서 나를 놀라게 한 양파 이랑을 보는 순간 핸드폰을 꺼내 사진부터 찍었다. 올해 처음으로 시도해본 풀 멀칭의 경이로움을 체험하는 순간이었다.

"세상에, 그놈의 지독한 쇠뜨기를…… 쇠뜨기가 막아주네."

풀로 점령당했으리라 예상했던 양파밭엔 지난번 김매기 때 '뜯어' 덮어두었던 쇠뜨기들 사이로 간간히 몇 순의 쇠뜨기와 명아주만이 머리를 내밀 뿐이었다. 보름 전 김을 매러 왔을 때만 해도, 겨우내 덮여 있던 두툼한 왕겨 이불을 뚫고 나온 쇠뜨기들로 마늘밭이건 양파밭이건 거의 초토화되기 직전이었기 때문에 나의 놀라

풍신난 도시농부, 흙을 꿈꾸다

움은 더욱 컸다.

우리 텃밭을 정중앙에 품고 있는 이 농장에서 그동안 검정 비닐을 단 한 이랑도 씌우지 않은 밭은 오직 우리 밭뿐이었다. 지난 3년간 후배가 일주일에 두세 번씩 들러 호미 신공을 부렸기 때문에 가능했다. 작년부터 내가 합세하기는 했으나 가을이 되어 아침저녁으로 선선한 바람이 불기까지는 둘이 붙어도 결코 쉬운 일이 아니었다.

공교롭게도 해가 중천에 뜬 오후에 작업하는 일이 많았는데, 특히 한여름의 40평 김매기는 입에서 단내가 나는 작업이었다. 작년 이맘때부터 한수와 내가 필사의 전쟁을 벌였던 풀, 그 단내 나게 한 주범 중 하나가 바로 쇠뜨기였다.

줄기가 지상을 기면서 마디마다 땅속에 뿌리를 내리는 바랭이, 줄기 전체가 까칠한 가시로 덮여 있어 맨손으로는 뜯기도 힘든 한삼덩굴, 성장 속도가 너무 빨라 방심하다 어느 날 정신 차리고 보면 나무처럼 커져 있는 명아주, 길고 가녀린 몸매에 뽑으려 들면 속절없이 똑똑 끊어져버리는 쇠뜨기, 그리고 강아지풀.

우리 밭에 가장 많이 터를 잡고서 기회만 오면 주인 행세를 해대는 풀들이었는데, 작년까지만 해도 후배나 나나 요령부득이라 그저 뿌리째 뽑아서 고랑도 아닌 밭 가장자리로 던져버리기에 바빴다. 풀을 다 뽑아 밭을 민둥산처럼 벌겋게 만들고 나면 비로소 회심의 미소를 짓다가도 일주일 뒤 다시 시퍼렇게 변한 풀밭 앞에서면 호미를 쥐기도 전에 한숨부터 내뱉던, 청맹과니의 시절이었다.

그중에서도 유독 텃세 심한 한 놈이 알짜 초보인 나의 인내심을 시험하고 있었다.

"어이 동생, 이놈은 정체가 뭐야?"

"뭐 말인데? 아, 그거 쇠뜨기라고 하지."

"대체 이놈의 뿌리는 끝이 어디야?"

"너무 알려고 하지 말고 그냥 호미로 캘 수 있는 만큼만 캐서 버리셔. 뿌리 끝이 이웃집 구들장 밑에서 나온다는 놈이요."

"젠장, 소가 잘 먹어서 쇠뜨기야, 아니면 쇠심줄처럼 질겨서 쇠뜨기야?"

여름이 끝날 무렵 풀과의 전쟁에 지친 나는 인터넷을 뒤져 쇠뜨기의 속내를 캐기 시작했다. 그중 가장 인상 깊었던 것은 원폭으로 폐허가 된 히로시마에서 가장 먼저 땅을 뚫고 나온 생명이 쇠뜨기였다는 사실이다. 그리고 그 무렵 뿌리의 끝을 보는 것은 애저녁에 포기했던 나는 그놈과 정이 들고 말았다.

"인간이 풀과의 전쟁에서 이길 수 있을까요? 아니면 애초에 성립조차 될 수 없는 전쟁을 목숨 걸고 치르는 중이라 믿을 만큼 인간이 어리석은 것일까요?"

고양도시농부학교를 다니던 3월 중순, 논밭에서 만나는 풀에 대한 강의를 시작하기 전에 강사인 김희수 선생이 화두처럼 던진 질문이었다.

3주 전쯤 텃밭에 첫 김매기를 할 때 풀 멀칭을 시작했다. 호미로 풀을 뿌리째 뽑아서 던지는 대신, 손에 잡히는 대로 뽑거나 호미로 긁어내어 작물 옆에 그대로 덮어두었다. 두둑을 덮은 풀이 되레 풀이 올라오는 것을 막아주고 땅의 습기도 유지시켜준다는 사실을 배웠기 때문이다. 작년까지 우리 밭은 비닐을 덮지 않아 토질은 좋은 대신 풀과의 전쟁을 치러야만 했고, 풀을 완전히 제거한 두둑이 쉽게 말라 단단해지는 걸 방지하기 위해 빈번히 물을 줘야만 했다.

풀 멀칭을 겸한 김매기 와중에도 쇠뜨기 앞에서는 몇 번의 고심 끝에 결국 호미를 들었다. 그 뿌리에 대한 공포 때문이었을 게다. 하지만 채 한 이랑도 마치기 전에 뜻하지 않은 구세주가 등장하셨다. 강화 농장의 선배가 막걸리와 고추장을 들고 왕림한 것이다. 자칭 '냅둬유 농법주의자'인 10년 차 도시농부다.

"그걸 왜 뽑으려고 애써? 수업 헛들었구먼."

나의 김매기를 물끄러미 바라보던 선배가 제일 먼저 던진 한마디였다. 그러면서 마늘밭에서 풋마늘 몇 쪽을 뽑아 마침 조롱에 담겨 있던 물에 헹궜다.

"쇠뜨기라고 겁먹지 말고 손으로 똑똑 끊거나 부추낫으로 썩썩 긁어서 그 자리에 냅둬. 모자라면 고랑에 있는 것도 베어서 얹어. 사람들이 몰라서 그러는데 풀 멀칭엔 쇠뜨기가 최고라니까."

그날 새 밭에 씨앗을 심던 한수나 김을 매던 나나 밭에서 뽑은 풋마늘의 향에 열 길쯤은 빠져버렸다.

이 초보농부의 김매기는 40분이 채 걸리지 않았다. 밭 전체를 혼자서, 그것도 콧노래를 흥얼거리며 쉬엄쉬엄 한 작업이었다. 이랑마다 알맞은 만큼만 삐죽이 얼굴 내민 풀들에게 고맙다 속삭이며 뽑아 풀 덮개의 면적을 더 넓혀주었다.

텃밭의 한편엔 폭이 1미터가 넘는 골이 파여 있다. 비 오는 날의 물길이기도 하고 농장 옆 건물과의 경계이기도 하다. 그 골에 빼곡히 들어차 있는 쇠뜨기가 벌써 내 허리춤 가까이 자라 있다. 작년엔 그토록 징그러웠던 풀이 올해는 꽃보다도 예쁘다.

때마다 베어서 덮고, 남으면 모아두었다가 마늘과 양파를 수확한 후 새 밭을 만들 때 두둑에 두텁게 덮어주리라. 비와 바람, 그리고 햇빛을 맞이하는 동안 그 자체로도 훌륭한 거름이 될 것이다.

겨울을 난 작물 중 특별한 녀석 앞에서 장갑을 벗고 앉아 담배를 빼어 문다.

원래 작년 가을까지 쌈채소밭이었던 곳을 3월 말에 괭이로 다시 일구는데, 시선을 끄는 놈이 있었다. 케일이었던가. 후배나 나나 그것을 심어서 먹기까지 했으면서 이름도 기억하지 못했는데, 한 주가 잎 하나 시들지 않고 살아 있었다. 해서 마침 이웃 밭에 주인이 포기해 방치되어 있던 겨울 난 상추와 돌나물을 옮겨 심으면서도, 녀석에게만큼은 충분한 공간을 할애했었다.

물론 먹기 위함은 아니었다. 어느 날엔가 꽃대를 올리고, 저번 김

풍신난 도시농부, 흙을 꿈꾸다

맬 즈음엔 꽃을 피울 것 같더니 이번에는 노랗게 만개한 자태를 맘껏 뽐내고 있었다.

생의 마지막 계단에서 녀석이 뿜어내는 아우라에 비 갠 후의 청명한 하늘마저 퇴색하고 있었다.

김연아 꽃

　봄 가뭄이 지속되던 5월 초, 선유동 농장의 밭고랑 한가운데에
서 귀한 만남을 가졌다. 내가 살고 있는 동네에서는 볼 수 없고, 어
릴 적 기억에서도 좀체 끄집어낼 길 없는 흰민들레. 농장에서는 밭
만들기가 거의 마무리되는 중이었는데 아마도 그 두둑과 고랑을
담당하던 회원들이 일부러 살려놓은 듯했다.

　"여기 흰민들레가 있네!"

　만남의 발단은 누군가의 짧은 외침이었다. 곧 나를 포함한 회원
들이 주변에 모여들었다. 시쳇말로 큰 구경거리가 난 것이다. 그도
그럴 것이 원체 주변에서 볼 수 있는 민들레는 모두 노란 민들레였
기 때문이다.

　"민들레 중 가장 약효가 좋다는 게 이 흰민들레라는데. 아마 전
세계 민들레 중 최고일걸."

약효 얘기를 듣고도 누구 하나 꽃에 손을 대려고 하지 않았다. 크기도 우람했거니와 자태는 도도하기가 이를 데 없었다.

회원들이 흩어진 후에도 한동안 난 그와 대면하고 있었다. 아니, 정확히 말하면 사람들이 흩어진 사실조차도 모르고 있었다. 엄연히 작물이 자라야 할 두둑에 당당하게 자리를 틀고 앉은 꽃의 자태에 압도당했는지도 모른다. 두둑과 고랑으로 힘차게 내뻗은 잎들하며 하늘로 높이 씨방을 올려 세운 줄기, 숲 위에 뜬 보름달처럼 단아하게 딱 한 송이 피어 있는 새하얀 꽃. 하염없이 바라보다가 나도 모르게 눈물 몇 방울 떨어뜨리고 난 후에야 정신을 차릴 수 있었다.

언젠가 나를 한눈에 압도해버렸던 존재가 있었다. 어린 나이에 가녀린 몸이었지만 빙벽조차 녹여버릴 만큼 광채를 뿜어냈던 소녀. 해서 한반도가 원산지이며, 전 세계 수백 가지의 민들레 중 가장 뛰어난 약효를 지녔다는 그 흰민들레에게 그날 난 '김연아 꽃'이란 이름을 몰래 붙여주었다.

2008년 10월의 마지막 일요일이었던가. 나는 서울 가리봉동의 한 요양병원에서 아버지의 병상을 지키고 있었다. 교통사고 후유증으로 당신 혼자 힘으로는 할 수 있는 것이 거의 없었던 아버지를 주 중엔 간병인이, 토요일 오후에서 일요일 오후까지 만 하루 동안은 형과 나, 그리고 막내 여동생까지 세 명의 형제가 시간을 쪼개 병실을 지키던 시절이었다.

보통 내가 아버지 침대 옆에서 잠을 자다가 일요일 정오경에 여동생이 오면 교대를 했는데, 그날따라 허겁지겁 병실에 들어선 여동생의 요청으로 TV의 채널을 돌렸다. 노인이 대부분인 병실의 TV는 평상시엔 항상 9번 채널에 고정되어 있었다.

2008~2009년 시즌 그랑프리 시리즈 '스케이트 아메리카(Skate America)'의 여자 쇼트프로그램이 방송되고 있었는데 때맞춰 김연아가 빙판으로 들어서고 있었다. 검은 드레스를 입은 도도한 눈빛의 처녀가 스포츠라고 보기엔 너무도 강렬한 연기로 '죽음의 무도'를 마쳤을 때 난 내가 본 것이 무엇이었는지조차 떠올릴 수가 없었다. 피겨 문외한이었던 내게 마지막 점프인 '더블 악셀'에서 손을 짚었다거나 그로 인해 잃게 될 점수 따위는 의미가 없었다.

산을 즐겨 찾던 시절 큰 산을 종주하다 발아래에서 산맥 전체를 휘감는 구름 앞에서 종종 말을 잃곤 했는데, 아마도 그 비슷한 경험이지 않았나 싶다. 그리고 그날 이후 김연아는 내 삶에 없어서는 안 될 존재가 되기 시작했다.

돌이켜보면 심연보다 어두운 시절이었다.

큰아이를 잃은 지 1년 하고도 계절 하나쯤 더 지나 있었다. 열아홉 살, 고등학교 3학년이었던 아들을 먼저 보냈다. 우리 부부는 녀석의 뼛가루라도 가까운 추모관에 두고 싶었으나 어른들의 만류로 벽제에 뿌렸다. 그저 마음에만 묻어두라 했다. 그러지 않으면 아비나 어미나 허구한 날 자식의 뼈단지 앞에서 미쳐갈 것이라 했다.

풍신난 도시농부, 흙을 꿈꾸다

학원 수업을 끝내면 항상 자정이 넘어 있었다. 선생들끼리의 술자리가 없는 날이면 술을 사 들고 귀가했다. 술 없이 어찌 잠들 수 있었겠는가. 그래도 폐인이 될 순 없었다. 마누라와 딸 쌍둥이. 내겐 부양해야 할 가족이 아직도 많이 남아 있었다. 그래서 소주 한 잔 비울 때마다 밥을 한 숟갈씩 입안에 꾸역꾸역 밀어 넣었다. 배불러서 술을 더 마시지 못하고, 배불러서 동트기 전에 졸음이 올 수 있도록.

새벽마다 입으로 들어가는 술보다 많은 물이 눈에서 흘렀다. 술 마시되 취하지 못하고 온갖 상념이 극단으로 치달을 즈음에 만난 것이 김연아의 '죽음의 무도'였다. 피겨의 '피' 자도 모르던 놈이 2분 50초짜리 짧은 공연에 어떻게 빠지게 되었는지는 지금도 요령부득이다.

그날 이후에도 매일 새벽 술은 마셨다. 그때까지 나를 지탱해준 일등 공신이었다. 누가 뭐라 해도 난 그 술이 지금도 고맙다. 하지만 밥은 더 이상 쑤셔 넣지 않고 안주 삼아 한술씩 떠먹었다. 더 이상 회한과 자책, 그리움과 눈물로 범벅된 채 어두운 거실에서 유령처럼 흐느적거리고 있지만은 않았다. 대신 컴퓨터 앞에서 동이 틀 때까지 모니터를 보며 김연아의 모든 프로그램을 보고 또 봤다. 때론 연기의 아름다움에 취해 눈물을 흘리기도 했다.

학원 아이들은 내가 갑자기 이상해졌다고 말하기도 했다. 각종 천체와 성운들로 번갈아 장식되던 내 노트북의 바탕화면이 김연아로 바뀌고, 공강일 때나 학원에 출근해서 첫 수업을 시작하기 전까지 오로지 김연아의 연기만 감상하고 있었으니 아이들도 나이든 남자 선생의 갑작스런 변화를 선뜻 이해하지 못했을 것이다.

내가 빠져 헤어나지 못하던 것이 비단 그녀의 연기만은 아니었다. 매일 두 곳의 팬카페에 두 번 이상, 오로지 '눈팅'만을 위해 출석도장을 찍었다. 대회에 관한 정보, 규정의 변화, 김연아의 근황, 국내외 유망주에 대한 정보…….

간혹 술자리에서 학원 선생 중 몇은 날 보고 시간과 돈이 동시에 허락만 되면 김연아 공연을 보기 위해 세계 어디라도 따라갈 사람 같다고 했다. 조건만 갖춰졌다면 사실 그랬을 터였다. 학원 여학생 중 하나는 내게 김연아 크리스마스실을 선물했고, 또 어떤 학생은 자기 아버지를 통해 김연아 탁상 달력을 구해 선물해주기도 했다.

작년 가을이 되어서야 난 그 지독한 '김연아 앓이'에서 회복될 수 있었다. 나 스스로 그에게 강박된 정도가 너무 심하다 싶어 의도적으로 카페 출입과 동영상 감상을 대폭 줄였다. 모진 노력이 동반되었다.

내 노트북에서 김연아 폴더도 삭제했다. 카페 출입은 한 달에 두세 번 정도로 자제하고 있다. 대신 정 그리우면 거실에 있는 데스크탑의 폴더를 연다. 물론 그런 날은 밤새 '달린다'. 아마도 그것조차 참아내는 것은 아직 내 능력 밖인가 보다.

"김연아가 나를 살렸어."

어느 술자리, 내 입에서 불쑥 나온 말이었다. 자식 보고 싶은 고통에 술자리에서 수시로 눈물 쏟는 궁상은 줄어서 좋으나, 날이 갈수록 늘어만 가는 내 김연아 이야기에 슬슬 질력을 내기 시작한 후배에게 토해낸 고백이었다.

"그 아이의 말 한마디, 때론 눈으로는 보이지도 않는 마음 씀씀이 한 조각까지도 내가 늪에서 빠져나올 수 있는 약이 되었어."

봄엔 온갖 꽃들이 쉴 새 없이 피고 진다. 흰민들레 꽃이 시들어 갈 즈음 선유동 농장의 입구에는 또 다른 꽃이 피어 나를 들뜨게 했다.

농장 앞 김희수 선생의 집 마당 입구에서 창포가 꽃을 피웠는데, 한 무리는 노란 꽃이고 또 한 무리는 보라 꽃이었다. 노란 꽃 창포는 어릴 때 물가에서 종종 본 것이고 내 아버지가 사시는 서울 신림동 개천가에도 많이 있다.

반면에 보라 꽃 창포를 보기는 태어나서 처음이라 신기하기도 하고, 그 보랏빛의 깊음에 흠뻑 빠져서 꽃 앞에 턱을 괴고 앉아 감상하다가 슬쩍 수작을 걸었다.

"얘, 너도 김연아 꽃 할래?"

그녀는 너무 예뻤다

　나른한 일요일 오전, 전날의 술이 채 깨기도 전에 농장을 찾았다. 고양동에 있는 '우보 농장'. 우보는 농장지기의 별명이기도 한데 별명만큼이나 농사짓는 방식도 우직하기 그지없다. 농장 입구를 들어서면 만나게 되는, 개성 만점의 팻말들을 앞세운 개인 텃밭들이 마치 동화 속의 정원 같다.

　전체 면적이 4000평이 넘는 이 농장은 고추와 마늘, 양파 등의 작물 공동체 농장이기도 하고, 여러 단체나 학교의 공동 텃밭이기도 하고, 유치원부터 중고생들까지 즐겨 찾는 교육 농장이기도 하다. 종종 고양시에 있는 '풍신난' 농부들이 모여 막걸리 한잔 기울이는 사랑방이 되기도 하고, 진중한 토론을 벌이는 회관이 되기도 한다.

　농장 중턱에 도달하니 함께 밭일을 할 선유동 밭장인 외양간이

　　　　　　　　　　　　　　풍신난 도시농부, 흙을 꿈꾸다

반갑게 맞아준다. 한데 몰골이 영 아니다. 옛 학교 선배들 가족과 농장 꼭대기의 공터에서 야영을 했다는데, 간밤의 음주량을 짐작할 수 있을 만큼 얼굴이 초췌함을 넘어서 있었다.

농장 한가운데엔 모가 자라고 있었다. 올해 처음 시도할 벼농사를 위해 20여 종의 토종 볍씨들이 모판에서 힘차게 어린 싹들을 틔워내고 있었다. 나머지 반의 못자리도 모판으로 가득 차면 몇 종이나 될지 사뭇 기대가 크다. 어느새 부쩍 자라 바람에 살랑거리는 못자리의 새싹들을 마주하고 서니 전날의 고단함도 함께 바람에 실려가는 느낌이었다.

전날에는 내가 수강하던 고양도시농부학교 수업의 수료식이 있었다. 오전 10시에 우보 농장에 나와 우리 수강생들의 공동 텃밭에서 풀도 잡아주고, 두어 개 남은 작은 이랑에 모종도 몇 가지 더 심고, 해거름엔 시간이 안 될 것 같아 가장 효율이 떨어진다는 '땡볕 아래에서 물 주기'를 마치고 나니 점심참이 되었다.

그날따라 오전에 못 나온 사람들이 많아 네 명이 일을 하는 바람에 모두 땀깨나 흘렸다. 게다가 일하는 김에 고추 공동체의 밭일도 도와주고 나니 점심 밥맛의 감미로움은 말로 표현할 수조차 없었다. 점심밥은 산나물비빔밥이었다.

우보 농장에 자주 오는 사람 중에 내 동갑내기가 하나 있는데 그는 도대체 모르는 게 없는 친구였다. 지리산 자락에서 나고 자라 성인이 되어서야 도시로 나왔다는 그는 논농사, 밭농사의 모든 유기농뿐 아니라 들과 산에 흐드러진 풀에 이르기까지 모르는 게 없었다. 게다가 설비를 생업으로 하고 있어 우리가 뭔가 만들고 지을 일이 있으면 꼭 자문을 구하는 친구였다.

그가 농장 뒷산을 산보 겸해서 뜯어온 산나물에 고추장을 얹어 비빔밥을 만들었다. 거기에 반찬으로 명아주 나물과 망초 나물이 올라왔다. 내게 풀 멀칭을 시연해보였던 강화 농장 선배의 작품이었다.

선배는 두둑이든 고랑이든 가리지 않고 나는 키가 큰 풀 개망초의 잎들을 뜯어 살짝 데친 후, 초장 양념에 무쳐 풀 초보인 우리들에게 나물로 선보였는데 그 맛이 일품이었다.

"원, 세상에. 그 퍼렇게 키만 큰 풀이 이런 반찬이 될 줄이야!"

바로 뒤에 먹어본 명아주 나물의 맛은 또 다른 경지여서 망초 나물의 맛을 잊게 만들었다. 선배는 아직은 어린 명아주를 뿌리만 잘라내고 줄기째 익혀 초장에 무쳐 내왔다. 명아주를 나물로 먹는다는 사실은 익히 알고 있었지만 그 정도의 맛일 줄은 꿈에도 생각 못 했다. 젓가락질마다 감탄사가 여지없이 동반됐다.

"나물 무침 중에서도 아주 상급일세!"

"배우는 맛 중에 뭐니 뭐니 해도 입에 들어가는 것 배우는 맛이 최고인 것 같아요."

"이거 어디 아까워서 풀 멀칭에 쓰겠나?"

"이게 저 지팡이 맞는 거예요?"

풍신난 도시농부, 흙을 꿈꾸다

하우스 안, 우리가 점심 먹던 평상 맞은편 책꽂이 위에 지팡이가 하나 있었다. 맘껏 자란 명아주를 가을에 뽑아 대를 깎아 만든 명아주 지팡이. 단단하면서도 가볍기가 젓가락 같아 예로부터 시골 노인들에게 많이 만들어 주었다던, 청려장(靑藜杖)이라 불리는 지팡이였다.

조선 시대에는 백성이 80세가 되면 임금님이 만들어 내린다고 하여 조장(朝杖)이라 했고, 몇 년 전 엘리자베스 영국 여왕이 하회마을을 방문했을 때 선물 받기도 했던, 알고 보면 우리 풍속에서 굉장히 유명한 지팡이다. 그 지팡이의 어린싹을 막걸리와 산나물 비빔밥에 곁들여 우리가 먹고 있었던 것이다.

오후에 있었던 수료식에서 수강생 모두가 수료증과 함께 선물로 호미 한 자루씩 받았다. 목에 리본을 두른 호미를 받으니 유년 시절로 돌아간 듯 수줍음마저 느꼈다.

하우스 옆의 가마솥에선 수료식 후 잔치를 위한 백숙이 끓고 있었다. 가마솥 당번을 자청한 나는 수료식 내내 가마솥 앞을 지켰다. 가마솥 당번을 자청한 것은 아마도 내가 음식 만들기를 좋아하기 때문이었을 것이다. 게다가 화덕의 불을 지키다 보면 마음이 절로 편해지니 나이 먹어도 유년의 불장난을 좋아하는 것은 아닐지.

가마솥 닭백숙에 막걸리, 거기에 점심 전에 남겨두었던 망초 나물과 명아주 나물. 수료식 후 저녁 식사를 겸한 잔치는 해 떨어지고도 꽤 오랫동안 이어졌다. 그 깜깜한 밤, 주고받는 술잔에 밀린

이야기로 법석인 하우스 안만 시끄러운 게 아니었다. 모판이 깔린 못자리를, 그것도 논이라 여겼는지 밭 주변과 뒷산에 숨어 있던 개구리들이 몰려와 귀청이 따갑도록 울며 짝을 찾고 있었다.

'그녀는 너무 예뻤었다~'
그 풀을 보았을 때 내가 속으로 흥얼거렸던 노래 한 구절이다.
일요일 오전에 우보 농장에서 선유동 농장으로 건너와 채 심지 못했던 마흔 주가량의 야콘 모종과 오이, 가지, 파프리카 등 회원들이 여름내 먹을 푸성귀 모종을 심고 나서 생강밭의 풀을 잡고 있을 때였다. 볏짚 사이로 간간이 작물보다 먼저 싹을 틔우고 올라온 풀을 뽑아 올려놓다가 유난히 날씬하고 색깔이 고운 풀을 발견했다. 길고 가느다란 줄기에서 나온 세 장의 잎은 날렵하고 길었다. 게다가 잎에 윤기가 있어 햇빛을 반사했기 때문에 볏짚 사이에 듬성듬성 나 있는 어린 싹이었어도 단연 눈에 띄었다.
아무리 예쁘다 한들 작물밭 두둑에 있으니 풀은 풀. 쏙쏙 뽑아 내 두둑에 얹다가 한 이랑이 끝날 때쯤 나는 호기심을 이기지 못하고 물었다.
"혹시 이 풀 뭔지 알아? 굉장히 섹시한데."
"섹시하긴 한데 이름은 모르겠네요."
옆 밭의 풀을 잡고 있던 밭장 외양간도 고개만 갸우뚱했는데 나의 호기심은 거기서 끝나지 않았다. 밭일 중에 이름도 모르는 풀을 한 잎씩 뜯어 먹으며 맛을 보곤 했는데 사실 그것은 어릴 적부터의 내 버릇이었다. 난 그 버릇 그대로 잎을 조금 베어먹고 밭장에게도 건네주었다.

"쌉쌀하니 맛도 괜찮은걸."

바로 반 잎 정도를 더 씹어 삼키자 역한 비린내가 입안에 감돌았다. 해서 그다지 먹을 만한 풀은 아니다 싶을 즈음, 난 고랑에 우뚝 서버리고 말았다. 독초였고, 난생 처음이었다.

"외양간, 삼키지 않았지?"

"예, 전 바로 뱉었는데요."

목구멍에 잔가시가 빽빽이 박힌 느낌이었다. 게다가 침을 뱉어낼수록, 말을 할수록 가시투성이의 목구멍이 부풀어 오르는 듯했다. 긴장한 동료들의 시선을 뒤로하고 황급히 정자로 가서 물을 들이켰다. 보온병에 남은 얼음까지 부숴 먹어도 증세는 심해지기만 했다.

조금 있자니 일을 끝내고 정자를 찾은 외양간이 연신 물을 들이켠다. 두어 차례 씹고 바로 뱉어냈는데도 목에 통증이 온다고 했다. 너무나 미안한데 말로 표현할 수가 없었다. 말은 고사하고 숨만 쉬어도 가시투성이의 목구멍이 부푸니 입 뻥긋할 엄두도 내지 못했던 것이다. 그렇게 한 시간가량을 견디니 비로소 목의 부기도 가라앉고 가시도 거의 빠져(?) 말도 하고 담배도 한 대 할 수 있는 상태가 되었다.

그날 저녁 집에 오자마자 인터넷을 뒤져보니 잎과 흰 땅속줄기까지 일치하는 풀을 찾아낼 수 있었다. 천남성과의 '반하'라는 독초였는데, 공부해보니 그나마 이파리 한 장 뜯어 먹고 만 것이 천만다행이었다.

풀에 대해 또 한 가지를 배웠다. 모든 독초는 뿌리든 잎이든 필수 과정을 거치면 약초가 된다는 것―동물의 독과 같다는 것, 그리고 천남성이 사약의 재료였다는 사실.

일 끝내고 나올 때 보니 파밭 끄트머리에 반하와 비슷한 생김새의 풀이 제법 크게 올라와 있었다. 커서인지 색깔도 꽤 짙고 잎도 조금 더 넓었다. 내게 고통을 준 풀이었지만 전혀 밉거나 괘씸하지 않았다. 오로지 물정 모르고 아무거나 입에 넣어보는 내 철부지 호기심 때문 아니었던가.

"잘 자라서 꽃도 피워보시게. 이녁을 두고두고 보고 싶네."

그녀는 너무 예뻤다.

위대한 이름, 씨앗

우보 농장의 못자리에서는 저녁마다 개구리가 울어대더니
언젠가부터 못자리 가득 올챙이들이 힘찬 꼬리 짓을 하기 시작했다.
어디서 알고 왔는지 소금쟁이들이 물 위를 지치고, 방게까지도 찾아들어
손바닥만 한 못자리는 농장을 찾는 아이들의 훌륭한 생태학습장이 되었다.

'품앗이'라는 이름의 학교

6월의 첫째 날

아침 8시경 우보가 나를 데리러 왔다. 구산동에 약 400평 정도의 고구마밭을 일구기 위해서였다. 날은 하루가 다르게 뜨거워지고 일손도 많지 않아 더 일찍 출발해야 했으나 이것저것 챙기느라 늦어졌다 했다. 그래도 도시농부들에겐 숨차게 이른 시간이었다. 가는 길에 한수까지 합류하고 반 시간 정도 달려 도착하니 벌써 햇볕이 얼굴을 따갑게 파고들었다.

사전에 이랑 정리가 다 된 고구마밭은 인근 블루베리 농장주의 소유라고 했다. 그 농장에는 체험을 위해 찾아오는 아이들이 꽤 많은데, 그들의 또 다른 체험거리로 고구마밭도 만들어 운영해보자는 취지였던 것 같다.

풍신난 도시농부, 흙을 꿈꾸다

"형, 구산동 고구마밭을 일궈야 하는데 품앗이 좀 하시려우?"

"좋지. 평수가 얼마나 되는데?"

"한 500평? 아마 그보다는 좀 작을걸."

나는 입으로 가져가던 막걸릿잔을 하마터면 떨어뜨릴 뻔했다. 초보 도시농부의 눈에 그 정도의 밭 규모는 가히 벌판인 것이다. 게다가 일전에 그 밭에 대한 얘기를 들은 적이 있었기 때문에 일할 사람의 수가 몇 안 된다는 것도 알고 있었다.

"신문지 멀칭인가?"

"평수가 넓어 신문지 멀칭은 포기했어요. 대신 신문용지 두루마리를 구했거든. 그러니 결국은 신문지 멀칭인 게죠. 아니, 엄밀히 말하면 종이 멀칭이 되나?"

"좋아, 기꺼이. 드디어 나도 신문지 멀칭을 해보는 건가?"

고구마 경작에 신문지 멀칭을 자주 애용하던 우보에게도 종이 두루마리로 두둑을 덮는 것은 첫 경험이었다. 일단 한 이랑을 시험적으로 만들어보기로 했다. 양옆으로 고구마를 심을 두둑 가운데 골을 파서 물을 흠뻑 주고 두루마리를 힘겹게 펴가며 두둑을 두번 덮었다. 바람으로 인해 종이가 여러 차례 끊겼다.

두둑에 덮인 종이 위에 물을 분사해서 촉촉하게 만든 뒤 고구마 순을 꽂으니 한 이랑이 완성되긴 했는데, 앞길이 구만 리 같아 한숨이 절로 나왔다. 벌써 시간이 10시를 넘고 있었다. 그때 힘든 우리를 남겨둔 채 옆 창고 터에서 전기톱과 망치질로 혼자 뭔가를 만들고 있던 한수가 완성품을 어깨에 메고 왔다.

그 무거운 두루마리의 구멍에 쇠갈퀴 자루를 끼우고 틀에 걸치니 일단 모양에서 굉장한 '설득력'이 배어났다. 스무 해 넘게 사귄 동생이지만 참 신통한 친구다. 자신의 아이디어든 남이 들려준 아이디어든 설계도 한 장 없이 뚝딱 만들어내는 재주는 볼 때마다 부럽다.

기계 덕도 보고, 점심 후에 한 사람이 더 합류해 분업이 가능해졌다. 자연히 밭 만드는 손에 신바람도 들기 시작했지만 문제는 사정없이 내리쬐는 땡볕이었다. 창고 그늘에 앉아 막걸리 참을 제법 오래 즐기고 있을 즈음 옆 물류 창고의 안주인이 다가왔다. 점심 식사를 창고 안에서 할 수 있도록 배려해준 고마운 분이었다.

"아까부터 궁금해서 물어보는 건데 저 밭에 하얀 부직포는 왜 덮어주는 거예요? 까만 비닐은 노상 보는데 저건 처음이네."

"아, 저거요? 저건 부직포도 비닐도 아닌 종이예요."

실눈을 뜨고 멀리 보니 햇빛에 반사된 종이가 정말 종이처럼 보이지 않았다.

"비닐처럼 종이가 풀도 막아주고 땅의 물기도 유지해주죠. 게다가 고구마 알도 실해진답니다."

스스로도 초보농부인 주제에 나도 모르게 귀동냥으로 얻은 농법의 장점을 술술 풀어내고 있었다. 누가 그랬다. 농사는 5분만 먼저 해도 스승이라고.

"그럴 거면 뭐하러 이 고생을 해요? 그냥 비닐 씌우면 될걸."

"종이를 씌우면 땅이 숨을 쉴 수 있어요. 그러니까 비가 내리면 종이를 적신 물이 고스란히 두둑 전체에 스며들 것 아니우? 게다가 젖고 마르고 찢어지고를 반복하는 동안 거름이 된다는 것 아닙니까? 고구마 수확한 후에 비닐처럼 걷어낼 일도 없고 말이죠."

여인은 학생처럼 눈을 반짝이며 연신 고개를 주억거렸고 난 마치 오랜 경험자인 양 떠벌렸다. 우습지 않은가. 초보자가 마치 종이 멀칭의 전문가처럼 설교를 하고 있었으니.

사실 한 이랑만이라도 두둑 위의 종이에 물을 분사시키고 뒤돌아보면 이 멀칭의 존재 이유를 단박에 깨닫게 된다. 직접 해봐야 냉큼 다가와 머릿속에 각인되는 지식. 내가 가능하면 품앗이를 마다하지 않는 이유다.

농사일은 해가 떨어지면 그만이다. 사위가 어둑어둑해졌을 때 주변을 돌아보니 전체 밭의 절반 정도를 끝냈다. 때 이르게 달려드는 모기떼 때문에 정리를 서두르는 와중에 하얗게 눈에 들어오는 두둑들이 예쁘고 넉넉해 보였다. 하지만 일 끝날 무렵 격려차 들러준 강화 농장 선배가 했던 말이 계속 귓전에 맴돈다.

"원래는 이것조차도 하지 말아야 되는데."

맞는 말이다. 자주 찾을 수 있고 관리할 사람도 충분하다면 애써 공장을 거쳐 나오는 종이라는 자원을 이렇게 쓸 일은 없었을 것이다. 김매기와 풀 멀칭으로 충분할 것을. 밭에서 나오는 것을

돌려주는 것으로 충분할 것을. 밤길을 달려 밥집을 찾아가는 동안
에도 난 또 질문하고 배웠다.

6월의 둘째 날

며칠 전 '외양간'에게서 문자 한 통이 왔다.

"토요일 오후 2시에 구산동 마을 공동체에서 마늘종 뽑기 행사
가 있으니 시간 되시는 분들 참여 바랍니다."

전날 된 품앗이의 후유증도 풀 겸 가벼운 마음으로 마늘밭을 향
했다. 한 시간 남짓 늦게 도착했는데 벌써 여남은 명의 사람들이
마늘밭 이곳저곳에서 허리를 굽힌 채 마늘종을 뽑고 있었다. 그중
나를 포함한 절반 정도는 공동체원이 아닌 품앗이꾼들이었다. 아
마도 공동체원들은 그날따라 사정이 많았던 듯싶다.

작년 가을에 이 밭에서 마늘을 처음으로 심던 날 품앗이를 왔
었다. 그날 이후 처음 와본 밭은 잘 자란 마늘잎 물결이었다. 일부
러 맨 끝 이랑에 가서 돌아보니 가히 장관이었다. 거기에 작년엔 없
었던 휴식용 비닐하우스와 생태 뒷간이 너른 밭을 아늑하게 꾸며
주는 정물이 되어 있었다.

내가 선 끝 이랑에는 미처 잡아주지 못한 한삼덩굴과 명아주가
마늘보다 더 크게 자라나 있었다. 내가 허리만큼 올라온 명아주에

풍신난 도시농부, 흙을 꿈꾸다

특히 근심을 보이자, 맞은편에서 작업하던 마늘밭장 '매산'이 어차피 마늘 수확할 날 얼마 안 남았으니 뽑지 말라고 했다. 명아주를 뽑을 때 주변 마늘 뿌리가 흔들릴 수 있다는 거였다. 자주 만나는 사이지만 논밭 농사에서부터 과수 농사에 이르기까지 해박하기 이를 데 없는 그에게서 과분할 정도로 많은 것을 배운다.

애초에 집을 나설 때만 해도 오늘의 품앗이는 가장 편한 일일 것이라 생각했다. 마늘잎들 사이로 삐죽이 올라온 마늘종을 뽑는 게 뭔 일이나 되겠나 싶었던 것이다. 그래서 비록 인원은 적어도 800평 마늘밭의 절반은 뽑을 수 있지 않겠느냐는 턱도 안 되는 기대를 가졌던 것인데, 짧은 밭 감상을 마치고 일을 시작하자마자 절벽과 마주하고 말았다.

'그분들'은 결코 쉽게 뽑혀주지 않았다. 살살 달래도 보고 때론 통사정도 해보지만 셋 중의 둘은 똑똑 끊어져 버렸다. 끊어진다고 해서 마늘에 문제가 생기지는 않는다. 다만, 이번 마늘종은 비록 소량이나마 돈을 받고 팔 물건들이니 가능하면 먹을 만큼의 길이가 나와야만 했던 것이다. 잘못하면 품앗이꾼들이 나눠 가져갈 자투리 분량만 많아질 판이었다.

해 질 녘까지 작업을 했는데도 우리가 작업한 면적은 거의 티도 안 났다.

'도대체 농사일 중 쉬운 것은 뭔가?'

일 중간에 허리 한 번 펼 때마다 들었던 생각이다. 내가 좋아서 종종 사 먹던 마늘종이 이토록 힘든 과정을 거쳐서 나오는 줄 정녕 몰랐던 탓이다. 물론 새벽이슬 마르기 전이 아닌 한낮의 작업이었기 때문에 더 뽑기가 어려웠다는 설명은 들었으나 오늘 일에 대한 내 느낌을 바꿀 수는 없었다.

단을 묶기 위해 마지막 바구니를 수거해갈 즈음 난 매산이 뽑아준 왕고들빼기 사진을 찍고 있었다. 사진을 찍고 밭을 나서려는데 언뜻 내 눈에 들어온 생명이 하나 있었다. 가로 흰 줄과 세로의 주황 줄이 매듭처럼 엮여 있는, 그야말로 한눈에 반할 만큼 근사한 놈이었다. 지체 없이 밭장 매산에게 궁금함을 알렸다.

"밭장님, 이놈은 어떤 나비의 애벌레인고?"

"글쎄요…… 화려한 걸로 봐선 호랑나비 종류 아닐까요?"

새삼 고개를 들어 너른 마늘밭을 둘러봤다. 살충제나 제초제를 전혀 치지 않았음에도 튼실하게 자라준 작물에 감사했고, 또 그 밭에 터를 잡아 비상을 준비하고 있는 애벌레에게도 감사했다. 혹여 천적에게 들킬세라 마늘잎을 세워 녀석을 감춰주고는 서둘러 밭을 나섰다.

풍신난 도시농부, 흙을 꿈꾸다

농담

유쾌한 농담

장항동 텃밭에 아주 오랜만에 후배가 찾아왔다. 마치 손님인 양 먼저 밭에 와서 구경하고 있던 그는 사실 우리 밭과 바로 이웃한 열 평짜리 주말 텃밭의 주인이다. 4월 말에 씨앗과 여러 모종을 심어놓고 그동안 책 쓰느라 밭을 돌보지 못한 값을 하려는지 아내와 함께였다.

그동안은 나와 한수가 우리 밭을 돌보면서 그의 밭에 난 풀도 잡아주고 물도 주었다. 대신 그는 종종 우리에게 술을 샀다. 그것이 품삯을 의미하는 것은 아니다. 우리 셋 중에서 그의 경제력이 제일 낫기 때문이다.

산만 한 덩치에 미소가 귀여운 그 친구는 일산의 보석과 같은 존재라는 게 내 철석같은 믿음이다. 오랫동안 뛰어난 논술 선생이었던 그는 지금 일산의 주부와 학생, 때로는 선생들에게까지 철학을 강의하고 있는, 그래서 인문학이 고사 직전인 요즘 세상에 작은 지역에서나마 인문학의 생명줄을 지켜주고 있는 철학 선생이기도 하다.

작년 가을부터 난 그에게 운동 삼아, 때로 기분 전환 삼아 밭으로 자주 나오라며 칭얼거림에 가까울 정도로 채근을 해댔다. 너무 거대해진 그의 덩치가 걱정되었기 때문이다.

그가 밭에서 할 일은 단 한 가지였다. 김매기와 물 주기는 전날 내가 우리 밭 할 때 같이 했기 때문에 지지대 세워주는 일만 남아 있었다. 토마토, 고추, 가지에 지지대를 세워 묶어주고, 호박 이랑에 지지대와 망을 설치했다. 전날 호박밭의 풀을 잡아 덮어주다 보니 일찍 열린 애호박이 땅을 기고 있었다. 해서 바로 밭으로 소집을 한 것인데 나 또한 망을 걸어본 경험이 없는 초보인지라 밭장인 한수도 함께 불렀다.

넷이 붙어 작업하니 일은 반 시간가량 만에 끝났는데 아침을 굶은 배 속에서 맷돌 갈리는 소리가 났다.

"창고로 가서 참으로 딱 한 병만 하고 가세. 내가 고추장까지 사 올 테니 마늘이나 두어 개 뽑아."

밭에서 뽑은 마늘을 안주 삼아 막걸리를 걸쳤다. 수확기가 안 돼 덜 여문 마늘이지만 여섯 쪽으로 제대로 자라 있었다. 덜 여문 마늘에는 젓 냄새 같기도 한 독특한 향이 배어 있었다. 고추장을

풍신난 도시농부, 흙을 꿈꾸다

살짝 찍어 씹으니 그 맛과 길게 남는 향이 바람이라도 탈 기세였다.

"어휴, 진짜 향이 오래가네."

철학 선생이 미간을 찌푸린 채 물병을 집어 들고 벌컥벌컥 들이마셨다. 평소에 고기 한 점이라도 있어야 마늘을 곁들이는 그에게 생마늘은 아무래도 무리였던 모양이다. 그 허둥대는 모양새가 우스웠는지 한수가 농을 던졌다.

"같은 맛 다른 느낌? 이 마늘 한 개 먹고 저 입에 키스를 확 날려주는 건데, 흐흐!"

철학 선생이 담뱃불을 붙이고 맞받았다.

"그럼 유기농 키스가 되는 거냐?"

"아니지. 정확히 말하면 '생태순환 유기농 키스'지."

마지막으로 덧붙인 내 농에 그는 담배 연기 사레가 들렸다.

잔인한 농담

억수같이 비가 쏟아졌다. 나는 선유동 농장의 한가운데에서 두 팔을 벌린 채로 흠뻑 젖어 있었다. 오랜 가뭄 끝에 비를 맞이하는 작물들의 행복에 겨운 합창을 감상하면서. 밭 옆 계곡을 내달리는 물소리가 마치 천둥소리로 휘모리장단을 쳐대는 것 같았다. 어제 들렀을 때만 해도 물이 말라 군데군데 잘곽한 웅덩이만 남아 있던 그 계곡이 아니었던가. 고개를 돌려 주위를 둘러보니 풍동 농장에도, 구산동 농장과 우보 농장에도 구원의 빗줄기가 아낌없이 쏟아지고 계셨다. 사방팔방이 기쁨에 겨워 자지러지는 합창으로 가득했다.

감상을 넘어 지휘까지 하다가 문득 정신을 수습하고 주변을 다시 둘러봤다. 이상하지 않은가. 선유동에 있는 내가 어떻게 다른 농장들을 바로 눈앞에서 볼 수 있단 말인가. 혹시 이건……

너무 잔인한 꿈이었다. 잠을 깬 후 창밖을 기웃거리다 청명한 하늘에 떡심이 다 풀렸다. 마지막으로 비 구경한 지가 언제인지 기억조차 가물가물하다. 일기예보에서는 일주일에 한 번꼴로 비 얘기를 했지만 매번 헛방이었다. 아니면 일주일에 한 번꼴로 농담을 한 것이었거나.

내가 경작에 참여하고 있거나 품앗이를 다니는 농장 중 몇 군데는 물 대기가 수월치 않다. 구산동이나 풍동이 그러하다. 해서 우보는 올해 양수기를 사서 유독 물 사정이 안 좋은 밭들에 근처 수로의 물을 끌어올려 주고 있었는데 그마저도 언 발에 오줌 누기다.

계곡을 끼고 있는 선유동의 경우도 지난 주말에 바닥을 드러내기 시작했다. 밭장이 수박 한 통 사 들고 가서 이웃의 수도를 빌렸지만 지하 수압이 약해 몇 시간을 뿌려도 250평 밭을 다 적시지도 못하고 철수해야 했다.

햇살이 약해지기 시작하는 오후 4시경 풍동으로 향했다. 수박밭

풍신난 도시농부, 흙을 꿈꾸다

과 참외밭에 웃거름을 주기 위함이었다. 물을 제대로 못 줘 땅은 메말랐지만 워낙 거름을 많이 먹는 작물이라 퇴비를 더 얹어줄 수밖에 없었다. 가끔 선배 하나가 적은 양일망정 물을 줘서인지 작물들은 다행히도 잘 살아남아 있었다.

작물 주변에 둥그렇게 골을 내고는 퇴비 한 삽씩 두르고 흙을 덮었다. 올해 출고된 농협 퇴비는 아직 제대로 숙성되지 않아 지린내가 섞여 있긴 했으나 그 바람에 습기가 제법 남아 있어 가뭄에 그나마 위안이 되었다.

오후 들어 하늘에 구름이 짙게 드리우기 시작하더니 거름을 주고 있을 때는 아예 먹구름이 되어 머리 위를 덮었다. 벌판에 부는 바람이 드세져서 한수의 밀짚모자를 여러 차례 이웃 밭으로 날렸다. 전형적인 '비 올 바람'이었다.

먹구름은 지나가는데 비는 오시지 않았다. 죽은 고구마 순을 빼내고 그 자리에 새순을 심어 넣던 이웃들이나, 웃거름 주고 있던 우리나 뻔질나게 하늘을 힐끔거리며 한숨만 내쉬고 있었다.

"지금 홍대 근처에는 비가 엄청 온다는데요!"

이웃 밭 아낙의 외침에 모두 하늘부터 쳐다봤다.

"친구가 그 비구름을 이리로 보낸다네요."

웃음에서도 핏기가 사라졌을까. 웃음조차 바람 빠진 풍선이었다.

몇 시간이나 흘렀을까. 후두두둑. 일을 마무리해야 할 만큼 사위가 어둑해졌을 때 밀짚모자 위로 빗방울이 떨어졌다. 먹구름이 물러간 뒤라 여우비가 분명했지만 알이 제법 굵은 빗방울이었다. 이웃들이 주섬주섬 연장을 챙기기 시작했다. 결코 일을 중단할 정도의 비는 아니었는데도 한수가 퇴비 떠 넣던 삽을 내려놓으며 나를 재촉했다.

"형, 하우스로 피신합시다."

피해야 할 만큼 내려주기를 갈망하는 그의 절박함이었으리라. 하여 나도 발걸음을 옮겼지만 아니나 다를까. 하우스 안으로 들어서기가 바쁘게 비가 그치고 있었다.

어두워지기 전 서둘러 일을 마치고 밭을 나서며 난 하늘을 향해 종내 감추지 못한 섭섭함을 내비쳤다.

"오시든가, 아니면 아예 비치지도 말든가. 농담이 너무 지나친 것 아니우?"

더러운 농담

오랜만에 축구 중계를 보며 술을 마셨다. 풍동 밭을 나와 허한 속을 달려려 주막에 들어서니 한국과 레바논의 월드컵 최종 예선 경기가 중계되고 있었다. 어인 일인지 공중파가 아닌 케이블 채널이었다. 주인장이 보이지 않아 소재를 물으니 혼자서 바쁘게 접시를 나르던 안주인이 TV 속에 비치는 관중석을 가리켰다.

축구 중계가 끝나자 바로 뉴스로 이어졌다. TV 바로 앞에 앉은 탓으로 싫든 좋든 뉴스를 들어가며 술잔을 기울였는데, 마지막 순서인 일기예보로 넘어가는 순간 한수의 입에서 육두문자가 튀어나왔다.

"쓰벌, 완전히 선데이서울이네. 저따위를 뉴스랍시고. 농담하나? 농업용수, 공업용수, 생활용수 할 것 없이 온 나라가 물 때문에 난리통인데 어떻게 가뭄 얘기 한마디 없냐고? 똥 같은 새끼들!"

"여기 이것 좀 꺼주세요!"

끄는 대신 소리만 죽여놓고 종종걸음으로 손님상을 향해 가는 안주인의 뒤태를 물끄러미 바라보며 난 속으로 중얼거렸다.

'아우야, 거룩한 똥을 함부로 갖다 붙이지 말자꾸나.'

아버지의 여행

탑골공원 북문 근처에 주차를 하고 나오니 담을 따라서 줄지어 있는 노인들의 모습부터 눈에 들어왔다. 시계를 보니 12시 15분 전. 점심 식사를 위해 무료 급식소로 이어진 행렬이 분명했다. 바쁜 걸음으로 서문 쪽 담벼락으로 돌고 나서도, 대화 한마디 없이 횅한 눈빛을 보도블록에 던지고 있던 노인들의 행색이 계속 머릿속을 맴돈다. 늙으면 한 끼만 굶어도 배고픔을 참기 힘들어진다고 했다. 마치 어린아이처럼.

서문을 지나 공원 안으로 들어서자마자 정문인 삼일문 안쪽부터 살폈다. 다행히 아버지는 가로로 길게 펼쳐진 대리석 조형물 턱에 앉아 계셨다.

"괜찮다니까. 넌 빨리 가서 주차나 하고 와라."

조금 전, 정문 앞에서 내려드린 후 부축하려는 나를 한사코 뿌리

풍신난 도시농부, 흙을 꿈꾸다

치고는 당신은 지팡이 하나에 의지한 채 삼일문을 향해 걸음을 옮기셨다.

"아버지, 저번에도 한 번 넘어지셨잖아요."

"어허!"

누군가의 도움이 없으면 차를 탈 수도 내릴 수도 없는, 여든아홉 환자의 고집을 자식이 이기지 못했다. 지팡이를 쥔 노인의 손이 가늘게 떨리고 있어서 강제로라도 부축을 하고 싶었지만, 헛수고할 시간에 빨리 주차나 하자는 심사로 운전대를 다시 잡았었다. 그런 아버지가 안전하게 앉아 계신 것을 확인하고 나니 비로소 여유로운 걸음을 되찾을 수 있었다.

아버지 곁에 앉기 전에 뒤의 조형물을 살펴보니 독립선언서 전문이 새겨져 있었다. 삼일운동기념탑이었다. 탑골공원 안으로 들어와 본 것은 처음이었다. 공원이 개보수가 된 지 꽤 되었다는 사실도 모른 채 오래전 방송 매체에서 가끔 보았던, 탈색된 벤치들과 공원에 가득한 노인들만 기억하고 있던 나는 깔끔한 공원 내 전경에 적잖이 놀랐다.

"여기서 만나기로 한 것 맞아요?"

"그럼, 예전에 늘 여기서 만나곤 했으니까. 그런데 아직 12시 안 됐니?"

"예, 한 10분 정도 남았어요. 오시겠죠."

노인들이 식사를 하기 위해 밖으로 빠져나가 한적한 공원 안은,

초록이 짙게 물들기 시작하는 전형적인 5월의 정원이었다. 노인들만 있는 곳이라 여겼는데 의외로 젊은 사람들이 간간이 공원 안으로 들어선다. 혼자든 쌍쌍이든 손에 하나같이 관광 안내도를 들고 있는 것으로 보아 서울 시내 관광을 즐기고 있는 외국인들 같았다.

손병희 선생의 동상과 팔각정, 유리장 안에 보관돼 있는 원각사탑을 돌아 대부분 마지막으로 삼일운동기념탑 앞에 서서 영문으로 새겨져 있는 독립선언서를 한 번 읽고는 오래 머무는 일 없이 인사동 방향인 서문 쪽으로 발길을 돌린다.

경복궁 입구를 가로막고 있던 중앙청이 해체되기 전엔 그 앞에서 가이드의 설명을 듣고 있던 일본 단체 관광객의 모습을 심심찮게 볼 수 있었다. 일본어를 모르는 나로서는 그 설명을 알아들을 수 없었지만 가이드가 중앙청 건물을 가리킬 때마다 족히 짐작되던 내용은 있었다. 그 건물이 과거 일본이 조선을 지배하는 데 중심이 되는 조선총독부 건물이었다는 사실을 알려주었을 테니까.

그런 광경을 지나칠 때마다 분노를 느꼈던 것은 나뿐만이 아니었을 게다. 해방된 지 수십 년이 흘렀음에도 조선총독부 건물이 우리 조선의 궁궐을 계속 가리고 있도록 방치하던 자들에 대한 치떨리는 분노였다.

요즘 한국을 찾는 관광객들의 숫자가 늘어난 만큼 탑골공원을 찾는 외국인도 부쩍 많아졌다고 한다. 인사동을 찾는 길에 들르는 것인지. 때로는 단체 관광객들이 들러 가이드의 설명을 듣는다고

풍신난 도시농부, 흙을 꿈꾸다

도 하니 공원에 얽힌 역사를 듣고 독립선언서의 내용을 살펴보는 그들을 떠올리며 새삼 격세지감을 느낀다.

"허어, 이 사람들 대체 왜 이렇게 늦는 거야? 오다가 어디서 넘어지기라도 했는가, 약속 시간을 어기는 사람들이 아닌데."

불안감이 섞인 아버지의 푸념에 시간을 보니 벌써 약속 시간보다 15분이나 지나 있었다. 때마침 아버지의 휴대폰이 울린다. 전화기 건너편의 소리를 잘 못 알아들으시는 아버지를 대신해 내가 전화를 받았다.

"왜 아직 안 오시냐?"

"저흰 도착한 지 벌써 30분이 됐는걸요. 지금 공원 안에 있어요. 선생님들 안 오신다고 걱정이 많으신데요."

"엥? 노상 만나던 곳에서 만나자더니 왜 거기 계신대? 우린 바로 옆에 있는 파고다다방에 여태 있었지. 알았다, 우리가 그리 가마."

그러고도 10분이 더 흘렀건만 입구를 뚫어져라 쳐다보는 우리의 눈길이 무색하게도 두 분의 모습이 보이지 않는다. 아버지의 성화도 있고 해서 삼일문 밖으로 나가 보니 두 분은 입구 옆에서 두런두런 담소를 나누고 계신 것이 아닌가.

"아하, 안에 계셨단 말이지?"

5년 전 병원에 입원하기 전에 종종 옛 동료 선생들을 만났던 장소가 공원 안이었다는 아버지의 기억은 아마도 어느 지점에선가 굴절된 기억이었던 것 같다. 내 기억이 맞다면, 예전의 아버지는 이

공원에 모여드는 노인들을 그저 안쓰럽게만 바라보셨기 때문이다.

몇 가지 기억은 당신에게서 지워지기도 했다. 퇴원하기 직전의 아버지는 형 내외와 함께 줄곧 사셨던 신림동 집 옥상에 태양열 판이 있다는 사실을 완벽히 잊으셨다. 거짓말하지 말라 하셨다. 가슴이 철렁 내려앉던 순간이었다.

여든이신 민 선생, 여든아홉이신 강 선생의 기억이 맞다 한들 하마터면 못 만날 수도 있는 상황이었다. 전화기에 대고 꽤나 큰 소리로 위치를 알렸음에도 두 분은 안에 있다는 말을 알아듣지 못하셨던 것이다. 게다가 외출할 때는 필요 없다던 아버지의 고집을 무시하고 당신의 휴대폰을 내 주머니에 담아서 나오지 않았다면 어찌 되었을지.

이번 종로행은 4년 만에 병원을 나오신 아버지의 두 번째 외출이었다. 이승에 남아 있을 때 살아 있는 옛 친구를 한두 사람이라도 만나기 위한, 이를테면 마지막 순례와도 같은 여행이었다. 일주일에 두 번 사회복지사가 집으로 찾아와 목욕도 시켜드리고, 휠체어에 모시고 신림동 개울가를 산책시켜드려야 할 정도로 거동이 불편하지만 대동하는 자식을 믿고 여행의 문을 연 것이다. 나 또한 언제든 우선적으로 시간을 낼 준비가 되어 있었다.

첫 번째 여행의 목적지는 지난달에 간 의정부였다. 회룡역 근처에 아버지보다 세 살 더 많은 정 선생님이 살고 계셨다. 내 어릴 적부터 자주 뵈었던, 걸걸한 목소리에 기골이 장대했던 분이다. 전쟁

전부터 북에서 선생이셨고, 많은 실향민과 마찬가지로 곧 돌아오겠다던 기약을 처와 자식에게 남기고 길을 떠났던 분이다.

아흔둘의 노구는 옮기는 걸음도 힘겨워 보였다. 일시불로 받았던 퇴직금은 IMF 시절 큰아들의 부도로 재처럼 사라졌다. 그 아들은 얼마 전 뇌졸중으로 쓰러져 선생 댁 근처의 요양원에 있다. 선생의 걸걸하고 우렁차던 목소리는 어디 가고 언어 기능마저 어눌해져 말을 알아듣기조차 쉽지 않았다. 여러 번 같은 말을 되풀이하셨다. 생년은 기억하면서도 당신 나이의 셈을 못 하셨다. 큰며느리에 손주들까지 한집에 있음에도 고독함이 몸 전체에 말기 암처럼 번져 있었다.

아버지와 동행했던 선생 말에 따르면 얼마간의 돈을 쓰지도 못하고 품고만 계신다 했다. 북의 아내와 자식들 모두 이 세상 사람이 아니지만 남아 있을 손주들에게 전해줄 수 있는 날을 기다리면서.

댁 근처의 허름한 설렁탕집에서 소주 한 병을 간신히 비우며 나누는 세 분의 대화를 듣다가, 아니 정확히는 정 선생의 모습을 보다가 몇 번을 의자에서 일어났다. 밖에는 추적추적 비가 내렸고, 나온 핑계로 담배를 피우는 와중에도 자주 눈물을 닦아내야만 했다.

그날 우리와 작별 인사를 나눈 정 선생은 자식의 간병을 위해 요양원으로 불편한 발걸음을 옮겼다. 한 손엔 우산을 들고, 또 한 손으론 지팡이를 짚고 걷던 그분의 뒷모습이 지금도 눈에 선하다. 기골은 여전히 장대하나 빗속에 드러난 뒷모습의 그 처연함이라니.

파고다다방과 같은 1층에 설렁탕집이 있다. 셋 중 두 노인은 다리에 장애가 있어서 바닥에 앉을 수 없었는데 고맙게도 한 테이블의 양보를 받았다. 자리를 잡자마자 기중 젊은 여든의 민 선생께서 두 병의 소주를 주문했다. 놀라는 내게 씩 웃으며 말씀하신다.

"한 병은 내 거야. 아직 이 정도는 끄떡없다. 이번 주에도 밭에다 고구마 오백 순, 고추 삼백 주 심고 왔단 말이지. 그리고 너 운전해야 하는 것 알지만 딱 한 잔은 받아야지. 나 한 병, 세 사람이 한 병. 됐지?"

옛날처럼 그곳에 자리를 잡은 세 선생은 설렁탕을 안주 삼아 젊은 시절 이야기를 오랫동안 나눴다. 그중에는 젊은 시절부터 정년퇴직 이후까지 만나왔던 동료 선생들 이야기도 한 아름이었다. 그분들 중 7할 이상은 이승을 떠난 신분이었다.

헤어질 무렵 아버지와 동갑이자 50년 지기인 강 선생께서 아버지의 손을 꽉 쥔다.

"그 몸으로 여기까지 나오느라 고생이 많았네. 다음엔 우리가 신림역으로 가겠네."

소주 두 잔에 취기가 얼근하시다. 아버지가 만류하신다.

"그 다리로 어떻게 지하철 탈 수 있겠나? 거기다 한 번 잘못 바꿔 타면 큰일이라고. 오늘이라도 한 번 봤으니 원은 없네."

"내가 동행할 테니 형님은 그런 걱정 안 하셔도 돼."

가게 주인에게 메모지를 얻어 청량리역에서 신림역에 이르는 과정을 번호를 붙여가며 일일이 써드리고 가게 문을 나서니 해가 그 새 많이 기울어 있었다.

파고다공원이라 불리던 탑골공원 안에서 밖을 내다보면 안보다 종로 대로변에 반사되는 바깥의 햇살이 더 눈부시고, 그 공기를 가르며 오가는 사람들도 안에 있는 사람들보다 젊다. 문 안쪽과는 분명히 다른 누리다.

공원 안에서 밖을 응시하던 나의 욕망은 그 누리에 꽂혀 있었다. 아버지는 문 너머의 세상에 나서기보다 안팎을 그저 관조하며, 오가는 무리 중 한 명의 친구라도 더 맞이하기 위해 숨을 고를 것이다. 그 간만의 외출이 또 언제가 되든 난 또 달려갈 것이고.

얼럴럴 상사디야

10여 년 전 한가위였을 게다. 조수석에는 형, 뒷좌석에는 아버지를 모시고 파주에서 출발해 서울 방향의 자유로를 운전하는 중이었다. 매년 그렇듯 고향에서 차례를 지낸 후, 아버지가 어릴 적 동기들과의 흥겨운 술자리를 마칠 때까지 기다렸다가 서울로 향하다 보면 일산 어름의 자유로에서 어김없이 체증에 걸렸다.

"저기는 도대체 뭐냐? 그냥 아무것도 안 하고 방치하는 건가?"

아버지는 자유로를 따라 길게 늘어선 철책 안쪽을 가리키며 중얼거리듯 말씀하셨다.

"습지잖아요. 군사보호지역으로 묶여 있는 통에 아주 보존이 잘되어 있네요."

"습지가 뭐야, 농사를 지어야지. 땅을 놀리는 거는 죄지."

"농사지을 땅 많은데 왜 저런 곳까지 농사를 지어요, 아버지. 잘

보존해두었다가 나중에 훌륭한 생태교육장으로 써야죠."

거울을 통해서 본 아버지는 혀를 끌끌 차며 나를 향해 안쓰러운 눈빛을 보냈다. 마치 그렇지, 네가 배고픔을 모르니, 라고 말씀하듯.

아버지와 작은 논쟁을 벌였던 대상인 장항습지에 나는 역설적으로 농사를 지으러 들어갔다. 엄밀히 말해 모내기 품앗이였다. 자유로 변에 있는 초소에 신분증을 제출하고 이중 철책을 지나 논 앞에 도착하니 기계로 써레질을 하고 있는 사람들과 숲으로 둘러싸인 습지의 전경이 눈앞에 펼쳐졌다.

농사를 허가한 지자체의 동기는 다르지만 어쨌든 이 습지 안에선 그때 아버지의 '훈계'처럼 벼를 키우고 있었다.

생태보존지역인 장항습지에서 논농사를 짓는다는 사실을 알게 된 것은 작년 말이었다. 처음엔 내 귀를 의심하며 고개를 갸웃거렸다. 갈수록 생태보존지역으로서의 입지가 커져서 경남 우포늪이나 한강의 밤섬처럼 '람사르습지'로 지정되어야 한다는 그 습지에 인간과 기계가 들어간다는 사실이 언뜻 납득이 되지 않았기 때문이다.

하지만 생산된 벼의 일부를 지자체가 수매해서 철새들 먹이로 준다는 것과 그렇기 때문에 절대 농약은 금물일 수밖에 없다는 설명을 들었을 때 비로소 논의 존재 이유를 짐작할 수 있었다. 게다가 강 건너 김포 지역의 개발 과정에서 주요한 철새 도래지가 사라져 장항습지의 논이 더욱 중요해지고 있었던 것이다.

여의도 여덟 배 크기의 장항습지 안에는 총 10만 평 정도의 논이 있는데, 추수가 끝나면 그 논자리에 생기는 벌판과 낟알들이 갈 길을 잃었던 철새들의 보금자리가 되어주고 있었다. 이 정도쯤 되면 인간의 경작이 생태 보존을 위한 최적의 공생 관계가 될 수도 있을 것이다.

고양환경운동연합에서 경작 허가를 받은 논은 총 3500평. 이미 이앙기로 모를 낸 논을 제외하고 오늘 우리가 손 모내기를 할 논은 약 700평 정도. 일을 시작하기 전에 잠시 일행들의 허기진 아침 속을 채워줄 막걸리와 묵 무침이 나왔다. 막걸리 한 잔 깊게 들이켜고 돌아보니 써레질을 끝낸 곳에 예닐곱 마리의 백로가 연신 부리를 쪼아대며 배를 채우고 있었다. 기계가 고여 있던 물을 가르고 흙을 드러내며 평탄 작업을 하는 와중에 튀어나온 벌레들과 치어들을 맛나게 먹고 있었다. 허기를 채워 일할 준비를 하는 사람들 옆에서 더불어 배를 채우고 있는 터줏대감들의 모습이 한결 여유로워 보여 절로 웃음이 나왔다.

10여 명의 일꾼들이 바지를 걷어 올리고 써레질이 끝난 논에 서둘러 들어섰다. 개펄처럼 된 논바닥은 무릎 위까지 우리 몸을 빨아들였다. 두 사람이 논의 양쪽 끝에서 줄 달린 막대기를 꽂는다. 줄 앞에 일정 간격으로 늘어선 사람들이 네댓 뿌리의 모를 뜯어내 심기 시작하고 뒤로는 모판에서 뗀 모들이 여기저기 던져졌다. 논물이 튀어 옷과 얼굴과 안경 할 것 없이 사정없이 젖었다.

"감정 너무 실린 것 아녀? 살살 던져!"

투정하는 자나 알맞은 크기로 모 덩어리를 잘라 던져주는 자나 얼굴에 웃음이 끊이질 않았다.

"줄 옮겨!"

한 자 간격으로 줄이 옮겨지면 사람들도 그에 맞춰 물러서며 일사불란하게 모를 심었다. 논에 도착했을 때만 해도 손 모내기를 제대로 할 수 있을지 다들 반신반의하는 상태였다. 어릴 적 고향에서 농사한 경험이 있는 사람은 극소수였고 나를 포함한 대부분이 군 복무 시절 대민 봉사로 했던 손 모내기가 전부였던 것이다. 나만 해도 30년 전 얘기가 아닌가.

술자리에서 다반사로 나왔던 얘기였다. 우리 민족의 유전인자엔 강력한 경작 본능이 있다고. 그래서일까. 우려와는 다르게 모두들 첫 모를 꽂는 순간부터 모든 것을 완벽히 기억해낸 듯했다. 예상보다 품앗이 인원은 적었지만 일 시작과 동시에 도시농부들의 눈에 비친 700평 논은 그다지 커 보이지 않았다.

논에는 어린 친구들도 몇 들어와 있었다. 중학교 1학년인 사내아이 하나가 어른들 한가운데서 조금도 뒤처지지 않고 늠름하게 모를 꽂아 넣고 있었고, 초등학교 1학년과 3학년인 선유동 밭장의 아이들은 논바닥을 오가며 쉼 없이 모를 던져주고 있었다. 재미있다며 어른 한몫씩을 거뜬히 해내는 아이들의 모습이 미쁘기 그지없었다.

한 시간쯤 지났을까. 한 줄 뒤로 물러서며 누군가 소리를 질렀다.

"어허, 이러다가 오후 팀 할 일 없겠소! 담배 일발 장전!"

텃밭에서 시작해 주로 밭농사만 지어왔던 도시농부 우보에게는 한 가지 신념이 있었다. 자급 농사의 최종 기착지는 결국 쌀농사라는 것과 그 논에 심어야 할 것은 점점 사라져가는 우리 토종 벼라는 것. 해서 수년 동안 전국 이곳저곳에서 얻은 30여 종의 볍씨를 작년 우보 농장의 네 평 남짓한 논자리에서 키웠다. 그렇게 해서 작년 가을에 수확한 볍씨로 올봄에 같은 자리에서 모를 내었다.

우보 농장의 못자리에서는 저녁마다 개구리가 울어대더니 언젠가부터 못자리 가득 올챙이들이 힘찬 꼬리 짓을 하기 시작했다. 어디서 알고 왔는지 소금쟁이들이 물 위를 지치고, 방게까지도 찾아들어 손바닥만 한 못자리는 농장을 찾는 아이들의 훌륭한 생태학습장이 되었다.

그렇게 키운 모와 일부 구입한 토종 모들을 모아 올해 드디어 장항습지를 포함한 두 곳, 1200평 정도의 논에 심을 수 있게 되었다. 하지만 이앙기로 심기에는 각 종마다 모의 수량이 너무 적었다. 해서 일일이 손 모내기로 심은 후 간격을 띄워 종자별로 구획을 나눠야 했다.

한 종자를 심고 나면 1미터 정도 간격을 두고 종자의 이름이 적힌 팻말을 꽂았다. 어른 아이 할 것 없이 모내는 자들에겐 큰 힘 들이지 않는 체험 현장이고, 종자들에겐 내년에 더욱 많은 자손을

풍신난 도시농부, 흙을 꿈꾸다

퍼뜨릴 수 있는 산실인 셈이었다.

장항습지엔 대추찰, 대관도, 옥천돼지찰, 자광도 등 다섯 가지의 토종 모를 심었다. 나머지 20여 종은 구산동에 있는 500평의 논에 심어질 것이다. 물론 손 모내기를 해야 할 것이고 그날 또한 품앗이를 갈 것이다. 우보에게 물어보지는 않았으나 더 넓은 이곳 논의 종자 수가 적은 이유는 아마도 여름 홍수에 잠길 것을 계산하여 피해를 최소화하기 위함이 아니었을까.

수월하게 끝낼 수도 있겠다던 모내기는 결국 저녁 8시가 다 되어서야 끝났다. 사람이 준 것은 아니었으나 개펄 같은 논바닥을 옮겨가며 작업을 하는 것은 역시 된 노동이었다.

하절기에는 저녁 8시면 무조건 습지를 벗어나야만 하는 것이 이곳의 규칙이었다. 오후 조에 섞여 있던 한 신문사의 여기자나 견학 삼아 왔던 두 대학생까지 모두 팔 걷어붙이고 달려든 덕에 그나마 시간 내에 끝마칠 수 있었다.

"누가 노래라도 좀 불러봐요!"

여러 차례 들렸던 외침이다. 얼럴럴 상사디요. 노래를 부를 줄 모르니 한 구절만 입속에서 계속 맴돌았다. 노동이 흥겹고 즐거워서 나온 가락이었으랴. 아마도 된 노동을 견뎌내느라 몸 풀듯이, 홀린 듯이 풀어낸 가락이었으리.

짐을 챙기고 차에 오르기 전 한 번 더 습지를 둘러봤다. 습지 안의 모든 논이 여름 장마와 가을 태풍까지 잘 이겨내서 풍작이 되기를 기원했다. 그리고 추수가 끝난 벌판에 내려앉을 수천 마리의 철새를 그려보고 재두루미와 큰기러기 떼가 한가로이 한 논자리에서 노니는 모습도 떠올려보았다.

그리고 너구리와 삵, 고라니, 말똥게 등 아예 이곳에 터를 잡고 사는 모든 생명이 사람들에 의해 쫓겨나는 일이 없기를 간절히 빌었다.

풍신난 도시농부, 흙을 꿈꾸다

어느 비 개인 날의 아침

화요일

주말에 장맛비 예보가 있다. 한수는 믿음이 안 간다고 했다.

"와야 오는 거지. 한두 번 속았수?"

"한 번 더 속자고. 그래도 왔다 하면 장맛비 아닌가. 대비는 다 해놔야지."

"물론 해야죠. 특히 지지대는 장마와 상관없이 진즉 해놨어야 했지."

풍동으로 향했다. 한수와 함께 일러스트 하는 선배 한 명이 합류했다. 그도 풍동의 수박·참외밭 공동체 일원이다. 장마 전에 토마토 지지대를 세우고 줄기를 묶어줘야 했다. 한데 삼각 형태의 지지대를 세우고 있는 동안에도 연신 바로 옆 이랑에 시선이 갔다.

마치 막 뭔가를 심을 듯 준비해둔 새 밭처럼 보이지만 사실 한 달 전에 씨앗을 가득 심어둔 두둑이었다. 20일 만에 수확한다 해서 이름 붙인 '이십일무(적환무)'를 3분의 1 정도, 그리고 나머지는 옥수수 씨앗을 뿌려두었는데 싹을 틔워서 나온 것은 옥수수 단 세 주뿐. 적환무는 벌써 열흘 전에 수확했어야 하는데 아직 단 한 잎도 고개를 내밀지 않고 있었다.

"씨앗의 지능을 믿어야 되겠지?"

"그래야죠. 비 오면 분명히 나오지 않겠수? 예정대로 일찍 나왔다면 다 말라 죽을 거라는 걸 알고 있는 거죠."

선배가 우리의 대화를 듣고 고개를 갸웃하며 물었다.

"정말 살아 있는 거 맞아? 거참, 가뭄이 오래갈 걸 씨앗이 알고 있단 말이지?"

"비 흠뻑 맞고 사나흘 뒤쯤 가보면 알겠죠. 어쨌든 싹을 낸다면 좋은 공부하는 셈이고."

수박·참외밭의 김매기와 장마를 대비해 두둑한 풀 멀칭을 마칠 때쯤 선유동 농장 공동체의 한 선배가 들렀다. 학창 시절 고향에서 아버지와 수박 농사를 많이 지어봤다는 분인데 풍동 밭의 공동체원이기도 하다. 그에게 수박 순지르기를 배운 우리는 부지런히 총 스물아홉 주의 수박 줄기를 정리하고 곁순과 아래쪽의 꽃, 그리고 섣부르게 달린 새끼 수박까지 다 정리해주고 난 후에야 마음을 놓을 수 있었다.

풍신난 도시농부, 흙을 꿈꾸다

이제 남은 것은 단 하나뿐이다. 사람이 도저히 할 수 없는 그것.

목요일

주말에 장맛비 예보가 있다. 장항동 텃밭에 공동체원 네 명이 오랜만에 모두 모였다. 아마도 올해 처음인 듯하다. 나를 제외하곤 다들 일이 바빠 밭하고도 인사를 제대로 못하고 살았지만 수확의 노동과 기쁨은 무슨 일이 있어도 함께하기로 했다. 그날이 오늘이었다. 더 이상 지체할 시간이 없었다. 왜냐하면 장마 전에 마늘과 양파를 수확해야 하기 때문이다.

일러스트 선배와 나는 삽 한 자루씩 들고 마늘밭으로, 한수는 호미 한 자루 들고 양파밭으로 향했다. 자기 텃밭으로 향한 철학 선생은 김매기를 시작했다. 열 주가 채 안 되었지만 장마를 대비해서 고추 두둑엔 특별히 풀을 두툼히 덮어주어야 했다.

밭에 한 줄씩 삽을 질러 넣자 마늘이 순순히 몸을 내준다. 일주일에 한 번씩 물을 흠씬 준다고 주긴 했는데 오랜 가뭄 때문인지 씨알은 예상대로 작았다. 첫 번째 뽑은 마늘을 까서 한쪽을 씹어 본다. 크기는 작아도 입안에 감도는 진한 향이 마늘 수확이 다 끝날 때까지 입안을 맴돌았다.

마늘과 양파의 수확을 끝내고 한수와 일러스트 선배는 수확한 밭을 다시 일궜다. 삽질과 쇠스랑질로 고랑을 다시 파서 두둑을 높였다. 나는 수확한 마늘 더미 앞에 주저앉아 전정가위로 마늘의 대를 잘랐다. 새로 만드는 밭에 열무와 얼갈이배추를 심을 예정인데 워낙 진딧물 등의 벌레를 많이 타는 작물인지라 실험적으로 향이 강한 마늘대를 덮어줄 요량이다. 벌레를 쫓기 위해 작물과 대파를 사이짓기하는 데서 얻은 발상인데 효과가 있기를 바란다.

일을 모두 끝내자 땀으로 목욕을 한 철학 선생이 외친다.

"오늘은 제가 참치를 쏘지요!"

그의 단골 참치집에 나란히 앉아 소주에 참치, 그리고 우리 마늘 한 통을 곁들인다. 맞은편에서 칼질에 여념 없는 주방장에게 우리 수확물을 작은 봉지 하나만큼 주는 것도 잊지 않았다. 단 한 쪽을 씹었을 뿐인데 소주 대여섯 병을 비울 때까지 입안의 향기로움이 가시질 않았다.

"셰프님, 이 집에서 납품받는 마늘 한 쪽만 줘보소."

내가 이전에 맛있게 즐겼던 마늘의 맛과 비교해보고 싶었던 것이다. 반 토막을 고추장에 찍어 씹으니 우리 마늘보다 강한 자극이 즉각 혀를 찌른다. 한데 곧바로 입안이 말할 수 없이 쓰다. 나머지 반 토막을 조용히 내려놓은 후 더 이상 손을 대지 않았다.

낭패다. 갈수록 입만 고급이 되어가니.

금요일

주말에 장맛비 예보가 있다. 오후에 한수와 다시 장항동 텃밭으로 향했다. 새 밭을 만드는 작업도 마무리해야 하고 장마 전에 씨앗도 심어두어야 했다.

나는 어제 일군 세 이랑에 얼갈이배추 씨앗을 심고, 아우 한수는 마무리하지 못한 두 이랑에 퇴비를 덮고 쇠갈퀴로 평탄 작업을 했다. 나머지 이랑들은 장마 사이에 갠 날을 택해 작업하기로 하고 두 이랑에 열무 씨앗을 뿌리는 걸로 오늘 일을 갈무리하자고 한다.

일을 끝내니 출출해진다. 술시다. 목덜미를 핥고 지나가는 바람에 습기가 배어 있다. 아우나 나나 그 바람을 느끼지만 둘 다 말을 아꼈다. 그 바람에 얼마나 많이 속았던가. 정말 내일이면 하늘이 열릴까. 씨앗을 심고도 물을 주지 않았다. 믿자. 주말에 장맛비 예보가 있다.

내 집 앞 메밀 음식점으로 자리를 옮겼다. 일러스트 선배가 마침 서울에서 일을 마치고 귀가하는 중에 합류했다. 주문을 마치고 화장실에 앉아 미주알을 다스리고 있는데 창밖으로 상서로운 기적이 비친다. 숨죽인 채 모든 청각을 창 쪽으로 기울였다. 투둑. 투둑. 후두둑.

자리로 돌아오자마자 우리는 미리 결의라도 맺은 듯 국수도 나오기 전에 잔을 부딪쳤다. 가게 밖 주차장에서는 벌써 흥건히 젖은 아스팔트 위로 가로등 빛이 산산이 부서지고 있었다.

토요일

아침에 고양이 세수만 하고 장항동 텃밭으로 차를 몰았다. 오후에 마늘과 감자를 싣고 서울에 있는 아버지 댁에 어차피 가야 하니 그때 자유로 진입하기 전에 들러도 되지만, 도무지 기다릴 수가 없었다. 아침까지 내리고 있는 비 때문에 밭이 얼마만큼이나 젖어 있는지 한시라도 빨리 보고 싶었다. 운전하는 내내 작물들의 합창이 환청처럼 귓전을 맴돌았다.

고랑까지 흥건히 젖어 있는 밭을 보는 순간 하마터면 눈물을 보일 뻔했다. 마늘대로 덮어둔 얼갈이배추밭은 밤새 쏟아진 비에도 전혀 파이지 않고 씨앗을 곱게 품고 있다. 미처 풀 멀칭을 하지 못한 열무밭도 멀쩡하다.

겨울을 나서 일찍 꽃대를 올린 상추밭은 이미 꽃밭으로 변할 준비가 되어 있었다. 일부러 뽑지 않고 놔두었다가 씨앗을 한번 받아보기 위한 속내였다. 종자 회사들의 유전자조작으로 말 그대로 불임 종자가 되거나, 혹은 기형의 후대를 만들어내는 불구 종자가 될 거라지만 기중 실해보이는 놈들을 작은 면적에 한번 파종해볼 것

풍신난 도시농부, 흙을 꿈꾸다

이다.

돌아오는 길에 집 뒤에 있는 풍동 밭에도 들렀다. 그새 빗줄기는 잦아들고 있었다. 밭 입구에 들어서니 300여 평의 고구마 공동체 밭이 먼저 눈에 들어온다. 고랑과 두둑의 골에 모두 넉넉하게 물이 차 있다. 하룻밤 은혜를 입었을 뿐인데 어린잎들의 혈색이 몰라보게 달라져 있었다.

고구마밭 옆엔 40여 가구의 회원이 가꾸는 생협 공동체 텃밭이 있다. 분양받은 밭은 한 가구당 고작 다섯 평. 하지만 밭마다 예쁘게 장식된 팻말과 가지각색으로 취향에 맞춰 키우고 있는 작물들이 어우러져, 볼 때마다 동화 속 정원을 보는 듯한 착각을 일으켰다.

우리 밭에 도착하니 긴 가뭄을 살아낸 영웅들이 당당한 자태를 뽐냈다. 유달리 물을 대기가 힘들었던 밭이었기 때문에 풀 멀칭을 더 두툼하게 했었다. 농장 옆 수로에서 퍼 올려 담는 2톤짜리 수통은 생협 공동체가 쓰기에도 모자란 양이었다. 하지만 내 눈 앞에 있는 수박과 참외는 풀 멀칭의 효능을 의기양양하게 보여주고 있었다.

남은 것 하나는 바로 옆 이랑이었다. 새것처럼 비어 보이는 밭. 며칠 뒤 필히 들러서 보리라, 이십일무가 싹을 내민 장면을.

밭을 한 바퀴 돌며 둘러보다가 반가운 녀석을 만났다. 며칠 전 수박 순지르기를 하다가 만났던 새끼 수박 중 하나였다. 달린 위치도 적절해서 잘 자라라며 남겨두었는데 크기가 그새 두 배는 더 커져 있었다. 핸드폰에 저장된 사진을 확인해보니 초록이 훨씬 깊게 배어들어 있었다.

"네가 이 밭의 대장이다. 다부지게 자라다오."

시베리아 단상

"일단 3일 정도 착용해보시고 이상이 없으면 그때 제대로 붙여 끼워드릴게요."

"그럼 다음번이 끝인가요? 제발 그렇다고 말해줘요."

젊고 예쁘장한 간호사가 샐쭉 웃는다. 농담기가 섞인 말이었지만 중년의 사내가 풍기는 진심을 알고 있으리라.

처음이자 마지막이었던 치과 치료가 1993년이었으니 딱 한 해 부족한 스무 해 만이었다. 썩은 어금니 하나 치료하는 데 한 달이 걸렸다. 그동안 다섯 번의 신경 치료가 있었다. 의사는 매번 자상한 설명을 곁들였고, 간호사들도 상냥하기가 그지없었다. 하지만 이번 에도 절감하건대 치과란 도무지 정을 붙일 수 없는 곳인가 보다.

"금으로 하시겠어요, 아니면 도기질로 하시겠어요?"

물어본 사람이 의사였는지 간호사였는지는 기억이 나지 않는다.

치료 중간에 씌울 의치에 대한 질문을 받았을 때 내 머릿속에 떠오른 영상은 생뚱맞게도 오래전 시베리아에서의 기억이었다. 내 입안에 남아 있는 두 개의 금니 때문에 한 질문인지는 모르겠으나 난 일말의 머뭇거림도 없이 대답했다.

"웃을 때 금니 보이는 것은 썩 보기 좋지는 않겠죠? 도기질로 해 주세요."

사실 난 도기질로 된 의치가 있다는 사실조차 모르고 있었다.

1994년 혹은 1995년 1월 말이었다. 출발지였던 하바롭스크와 시차만 해도 다섯 시간이나 나는 중앙시베리아 노보시비르스크에 도착했을 때 그곳의 기온은 영하 25도였다. 호텔 밖을 나서면 세 걸음도 떼기 전에 코에서 서걱거리는 소리가 났다. 콧속으로 들어오는 공기가 순식간에 코털에 얼어붙으면서, 그 성에를 얹은 털들이 숨을 쉴 때마다 서로 부비면서 나는 소리였다.

물건을 확인하기 위해 들른 기차역에서 기차는 볼 수 없었다. 선로 위에는 내 허리까지 찬 눈뿐이었다. 당시 내가 다니던 회사가 사들일 중고 레일이 얹혀 있는 화차까지도 눈밭을 헤치고 걸어가야만 했다. 내가 산행을 꽤나 즐기던 시절 어느 겨울산에서도 그 정도의 러셀링(눈을 헤치며 나아가는 일)은 해본 적이 없었다.

간신히 화차까지 도착하면 화물 상태를 증거로 남기기 위해 사진부터 찍어댔다. 때론 동행한 파트너의 도움을 받아 꼭대기까지 올라가기도 했다. 그곳에서 있는 힘을 다해 부분적으로나마 눈을 밀어내고 역시 쌓여 있는 레일의 사진을 찍었다. 번들링(쇠줄묶음) 상태까지도 빈틈없이 확인하기 위해서였다.

나와 동행한 공급사의 사장은 우리의 신규 거래처였다. 그런 그가 첫 거래에서 내건 조건은 30%의 선금과 70%의 신용장이었는데, 기존 거래처와 항상 전액 신용장으로만 거래했던 우리 회사로서는 낮은 공급가에도 꽤나 부담스러운 조건이었다. 그래도 포기하기에는 당시 중고 레일의 시세가 너무 매력적이었다. 다행히 홍콩 바이어가 선금을 지불할 용의를 전해왔다. 현찰이 미리 건너가야 할 거래였으므로 현지의 화물을 먼저 검수해야 하는 것은 당연지사. 문제는 총 3000톤밖에 안 되는 화물이 시베리아 도시 다섯 군데의 기차역에 나뉘어져 있다는 사실이었다. 그 때문에 나는 첫 기차역에서 실시하는 검수부터 한숨을 지었다.

두 번째로 도착한 곳은 노보쿠즈네츠크. 영하 25도. 우리가 갔던 세 번째이자 마지막 도시였으며, 세 곳 중 위도상 가장 높았던 크라스노야르스크. 그즈음엔 몇 번 안 되는 러시아 출장으로도 20~30시간의 기차 여행이나 2~3시간의 25인승 쌍발기 여행 정도는 이미 친숙하고 편해진 상태였다.

한밤중에 도착한 크라스노야르스크 공항의 외부 온도계는 에누리 없이 영하 40도를 가리켰다. 너무나 궁금해졌다. 영하 40도에 머리가 노출되면 어떤 느낌인지. 공항을 빠져나와 담배를 한 대 피우면서 털모자를 벗어봤다. 1분쯤이나 지났을까. 난 지나칠 정도로 겸손해진 마음으로 모자를 다시 썼다. 망치로 살짝 건드리면 머리가 유리컵처럼 깨질 것 같았기 때문이다.

기술자 출신이라는 동행은 독일어는 잘했지만 영어를 할 줄 몰랐다. 나는 독일어를 몰랐고 아는 러시아어는 열 손가락에 꼽을 문장 정도였다. 대신 하바롭스크에서는 통역이 있었다. 스베타라는 이름의 전형적인 백러시아계 젊은 처자였는데 시베리아에 대동하지는 않았다. 말이 통하지 않았으므로 동행의 속내는 알 길이 없었다. 아마도 동행은 젊은 처자와 함께하기엔 너무 험한 여정일 거라 판단했거나, 물건만 확인하면 되는 사안이었으므로 굳이 통역이 필요 없다는 판단이었을 게다.

어느 경우든 그의 주머니 사정이 여의치 않았던 것만은 분명했다. 그리고 사실 애초의 내 우려와는 달리 통역이 없어도 큰 불편은 없었다. 우리는 자신들의 몸으로 만들어내는 언어 능력에 여러 차례 놀라곤 했다.

가끔 정 안 되겠다 싶을 땐 그가 호텔의 직원을 데려와 의사소통을 시도했는데 그들의 빈약한 영어로 인해 오히려 우리의 대화가 미궁 속으로 빠지기도 했다. 하지만 크라스노야르스크의 호텔에서 지원군으로 나선 나이 든 호텔 여직원의 애잔한 노력 덕에 애초 계획에 있었던 나머지 두 도시로의 여행은 포기할 수 있게 되었다.

풍신난 도시농부, 흙을 꿈꾸다

지금은 이름도 기억이 나지 않는 그 두 곳은 공항도 없을뿐더러 기차든 차량이든 눈이 녹는 봄이 되어야 들어갈 수 있다는 설명을 그 호텔 여직원의 통역을 통해 듣고, 나는 흔쾌히 고개를 끄덕였다. 그리고 내가 최종 결정권자는 아니었지만, 그 거래가 불가능하다는 판단을 마음속으로 내렸다. 현물시장에서 3개월 뒤의 시세는 누구도 낙관할 수 없는 것이고 아무리 우리와 거래를 많이 한 바이어라도 선금을 지를 리가 만무했다.

시베리아에서 지낸 일주일 동안 일의 성사 여부와는 별도로 나를 몹시도 힘들게 한 것이 있었다. 힘들었던 여정도, 살을 에는 추위도 아니었다. 그 정도 여정은 충분히 즐길 수 있을 만큼 당시 나는 젊었다. 일을 위해서라면 눈이 다 녹는 봄까지 그 여정을 수행할 수 있을 만큼 젊었다.

추위도 그리 큰 장애물은 아니었다. 나는 그 출장을 대비해서 처음으로 내복—일명 '백수메리'란 것—을 사서 입었고 모직 등산 양말에 겨울용 가죽 등산화, 그리고 오리털 점퍼까지 걸쳤다. 아랫도리는 내복에 면바지 하나였지만 영하 40도의 밤거리에서도 난 국산 내복의 방한력에 감탄을 거듭했다. 게다가 난 추위에 꽤 강한 편이었다.

당시 보리스 옐친이 이끌던 러시아의 경제는 끝없는 추락을 계속하고 있었다. 루블화의 가치는 하루가 다르게 곤두박질쳐서 호텔에서 눈뜨면 하는 일이 환율 점검이었다. 물론 달러를 쓰는 내겐 그만큼 이득이었지만 한 나라의 경제가 붕괴 직전까지 가는 광경을 보는 것은 너무도 고통스러운 일이었다. 게다가 난 한때 소비에트를 꿈꾸던 자 아니었던가.

역마다 부랑자가 넘쳐났고, 역 주변의 아이들이 이방인인 내게 손을 벌리며 덤벼들었다. 그때마다 동행은 경호원이 되어 그들을 내게서 떼어놓느라 애를 써야만 했다.

호텔뿐이랴. 모든 분야에서 연료가 부족했다. 하바롭스크 공항에서 출발하는 시간이 다섯 시간이나 지연된 이유가 연료 부족 때문이라던 것이 내 방에서 통역을 하던 스베타의 설명이었다.

호텔의 난방이 약하기는 했다. 하지만 난방이 꺼진 호텔방에서도 신발만 벗은 채 옷을 껴입고 자면 아침에 너끈히 일어나 샤워할 수 있었다. 다행히 온수는 넘쳐났다. 가끔 냉수가 끊겨 샤워 도중에 비누 거품을 뒤집어쓴 채 욕실 밖으로 뛰쳐나오기는 했지만. 그리고 실제로 밖에서 일을 보는 시간은 하루에 두 시간도 채 안 됐다. 나머지는 호텔, 역무실, 차량, 식당 안이었다.

나를 너무나 힘들게 했던 것은 바로 시베리아 음식이었다. 하바롭스크나 블라디보스토크, 심지어 한겨울엔 바닷물도 얼어붙는 바니노에서도 모든 요리에 일정량의 채소가 들어 있었다. 우리나라의 고기만두에 해당하는 '뻴리미니' 안에도 함께 버무려진 채소가 있어서 유독 고기에 약한 나도 내색 않고 먹을 수 있었다.

그러나 그 겨울 시베리아에서는 내 앞에 놓였던 어느 접시에서

풍신난 도시농부, 흙을 꿈꾸다

도 채소를 찾아볼 수 없었다. 내가 유일하게 이름을 기억해서 주문한 뻴리미니도 마찬가지였다. 도저히 먹을 수가 없었다. 해서 매끼 내 접시에서 사라진 것이라곤 가운데 손가락 굵기의 소시지 하나와 손바닥 반만 한 크기로 얇게 썰어 내온 햄 한 장이 전부였다.

채소가 없거나, 혹은 터무니없이 적게 섞인 음식 앞에서 나 자신도 모르게 티를 냈던 모양이다. 노보시비르스크를 떠나기 전 거리에서 동행이 돌연 나를 가로막고 섰다.

"에떠 씨비르!"

그러고는 몇 가지 몸짓을 한 뒤 마지막으로 목을 긋는 시늉을 했다. 단번에 알아들을 수 있는 훈계였다.

'여기는 시베리아요! 만일 당신이 그렇게 먹지 않는다면 죽을 수도 있다고.'

비록 말 한마디 안 통하지만 그 몸짓은 바이어를 수행하는 그의 걱정과 우려를 말보다도 더욱 간명하게 보여주고 있었다. 나는 내 배를 가리키며 주먹을 작게 쥐어 보여주고는 '하라쇼(괜찮소)'라고 했다. 비록 불만족스런 표정이었지만 그도 또한 단번에 내 의중을 알아차렸다.

호밀빵과 보드카. 내 공복을 달래준 동지들이었다. 기차 안에서 종종 호밀빵을 안주 삼아 보드카를 마시면 동행은 안심하는 눈빛을 건넸다. 가끔은 식당칸에서 중국산 컵라면이나 염장한 연어를 먹기도 했다. 짜기 이를 데 없는 생선이었지만 내게는 첫 경험이라는 즐거움을 주었다. 그걸 보아서였을까. 동행은 크라스노야르스크에서 내 첫 끼니 자리로 연어 전문 식당을 잡았다. 호모사피엔스의 위대함에 건배! 동행의 이름을 기억하지 못하는 것이 유감이다.

그런데 그 일주일 동안 늘 나를 따라다니던 의문점이 하나 있었다. 그곳에서 내가 본 사람들의 치아에서 비롯된 것이었다. 말을 할 때 웃을 때 할 것 없이 그들의 입안에서는 금이 번쩍거렸다. 남녀를 막론하고 성인치고 네댓 개 이상의 금니를 안 가진 이가 없을 정도였다. 금니를 과시용으로 해 박을 일은 없지 않은가. 그렇다면 무엇이 그들의 치아 상태를 그 지경으로 만드는 것일까.

압권은 크라스노야르스크의 연어 식당이었다. 오전의 텅 빈 식당 문을 연 우리 둘을 맞아준 이는 나와 동년배쯤으로 보이던 여인이었다. 사장인지 점원인지는 알 길이 없으나 차림표를 가지고 우리 식탁으로 다가온 그녀의 아름다움에 단박에 취해버렸다. 눈이 부실 정도로 아름다웠다.

집을 떠난 지 꽤 돼서일까. 차림표를 가리키며 동행과 두런두런 얘기를 나누는 여인을 보며 내내 끓어오르는 색정을 다스리느라 애를 먹고 있을 때였다. 주문을 다 받고 고개를 돌린 여인이 내 표정이 우스웠던지 까르르대며 웃었다. 그 순간 그녀에게 가졌던 만감이 산산이 흩어졌다. 여인은 앞니마저 반은 금색이었다.

하바롭스크로 돌아왔을 때 우리 화물의 배선을 담당해주던 친구를 만났다. 그도 마침 일 때문에 블라디보스토크에서 올라와 있

풍신난 도시농부, 흙을 꿈꾸다

었다. 그는 시베리아 출신이었다.

"아구딘, 시베리아 사람들 이빨이 왜 그 모양이야? 금니투성이야. 당신은 시베리아 출신이니 알 것 아닌가."

뜬금없는 이빨 타령에 그는 어깨 먼저 움츠렸다.

"정확히는 아무도 몰라. 마치 러시아 여자들이 젊을 땐 날씬하다가 결혼해서 애 낳고 나면 왜 그렇게 거대해지는지 모르는 것처럼. 단지 유력한 이론은 채소가 부족해서 발생한 비타민 결핍이라는 거지."

"러시아 경제가 이리 오랫동안 엉망인데 금니를 낄 돈은 어디서 나오는가?"

"어디서든 만들어내겠지. 먹고살려면 이빨은 있어야 하니까."

잠깐 비 갠 참에 장항동 텃밭을 찾았다. 철학 선생의 다섯 평짜리 텃밭에선 단 이틀의 비로 풀도 엄청, 작물도 엄청 자랐다. 봄부터 가을까지 우리의 땅은 감당할 수 없을 만큼의 채소를 내어준다. 겨울이 짧고 따뜻한 덕에(?) 비록 하우스 농법을 빌리기는 하나 채소는 식탁 위에서 마르지 않는다.

치과를 나와 들른 밭에서 다시 시베리아에서의 기억을 더듬는다. 기억의 정점엔 항상 연어 식당의 여인이 있다. 경제 사정이 그 시절보다 많이 좋아진 요즘의 러시아. 시베리아는 어떨까. 그들의 겨울 식탁에 푸른빛은 꽤 늘었을까.

위대한 이름, 씨앗

농사 폴더를 연다. 그중 풍동 농장을 열고 수박과 참외 모종을 심은 날짜의 사진을 찾는다. 5월 15일. 날짜를 꼽아본다. 수박·참외밭을 만들고 불과 2~3일 안에 이십일무와 옥수수를 뿌렸고, 이후 첫비였던 장맛비가 내린 것은 정확히 일주일 전이었으니 대략 42~43일이라는 계산이 떨어진다. 기억에 의지해 어림잡았던 기간보다 일주일 정도나 더 긴 시간이었다.

풍동으로 가는 동안 오로지 이십일무의 생사만이 머릿속을 맴돌았다. 수박이나 참외, 토마토 등 다른 작물들은 모종을 심은 그날부터 풀을 두세 겹씩 덮어준 덕에 긴 가뭄을 늠름하게 견뎌주었다. 하지만 이십일무는 씨앗을 심은 후로 풀 멀칭조차 해준 적이 없었고, 김매기도 한 번 안 했다. 바짝 마른 두둑엔 떡잎뿐 아니라 풀조차도 자라지 않았기 때문이다.

빨갛고 동그란 무라는 뜻의 적환무. '이십일무'라는 별칭이 있는 이 무를 봄에 장항동 텃밭에서 정확히 3주 만에 수확해 맛있게 먹었었다. 수확한 그날 지인의 노래방에 방 하나를 빌려 간만에 푸짐한 삼겹살 잔치를 벌였다. 밭에서 나온 쌈채소들과 풋마늘, 그리고 그 위에 얹은 이십일무 덕에 평소 고기와 친하지 않은 나까지도 배가 불렀다.

그날의 기억이 워낙 강렬해서 풍동 농장 텃밭 여분의 이랑에 한 번 더 뿌렸던 것인데, 파종에서 수확에 걸리는 주기를 두 번이나 지났건만 떡잎조차 내밀지 않은 씨앗들. 살았니, 죽었니.

일주일 동안 두 차례의 장맛비가 내렸다. 그 비로 전국이 해갈되었다고 했다. 일부 지역에서는 물난리를 만난 사람들의 이야기도 들렸다. 그 비에도 싹을 안 내밀었다면 포기해야 할 것이다.

풀 멀칭이라도 했어야 하나. 밭에 도착하기도 전에 난 지레 부정적인 결과에 대한 자책을 하고 있었다. 씨앗의 지능을 철석같이 믿는다면서도 말이다. 손바닥만 한 무밭에 꽂힌 우리의 집착이 맛에 대한 미련은 아니었다. 강화 농장의 선배가 알려준 대로라면 봄에 심어 먹은 무보다 분명히 맛은 떨어질 것이다. 그렇다고 수확에 대한 욕심도 아니었다. 그야말로 손바닥만 한 밭이므로.

농장에 도착하니 고랑마다 채 빠지지 않은 빗물이 고여 있다. 트렁크에서 장화를 꺼내 신었다. 입구에서부터 까마득히 길게 늘어서 있는 고구마밭의 흙빛이 참 곱다. 고구마잎은 며칠 사이에 진한

적갈색을 띄고 있었다. 우리 밭은 아직 시야에 잡히지 않는다.

고구마밭과 생협 공동체 밭 사이의 고랑을 산책하듯 걷는다. 생협 공동체 누군가의 밭엔 벌써 아이 주먹만 한 토마토들이 달려 있다. 그중 한 놈은 일찌감치 빨갛게 익은 채 아래가 물러지고 있었다. 옆에 같이 볼을 맞대고 달린 열매를 위해서라도 따주는 게 예의일 터.

"미안합니다. 하지만 나중에 알더라도 책망은 마시오."

무른 부분을 이로 도려내고 한입 크게 베어 물었다. 시중 것보다는 낫다 싶다. 해도 별 감흥은 없는 맛이다. 난 어려서부터 도무지 토마토의 맛을 알지 못한다.

우리 밭은 농장 끝에 있다. 그리고 그 농장의 끝자락은 갈대밭과 이어져 있다. 갈대밭에 가까워지자 귀에 익은 소리가 들려온다. 꾸웩 꾸웩 꾸웩 꾸웍…… 갈대밭 여기저기에서 분수처럼 쉼 없이 흘러나오는 돌림노래. 나이 들고 나서는, 게다가 도시에서는 거의 들어볼 수 없던 맹꽁이들의 합창이었다.

"너희들도 급하구나. 아무렴 급하겠지."

일주일일지 열흘일지 모르지만 대지가 젖어 있을 때 짝을 찾고 후세도 만들어야 하니 오죽 마음이 급했으랴. 사람의 발걸음 소리에 잠깐 숨죽였다가도 이내 다시 맹렬하게 울어댄다.

맹꽁이들에게 방해가 되지 않으려 발소리를 죽이며 도착한 이십일무밭. 나는 그 앞에서 쪼그려 앉은 채 한동안 가슴팍에 손을 대고 격하게 뛰는 심장을 달래야만 했다. 자연 다큐멘터리와 제법 내공이 쌓인 주변 농부들에게서 익히 배웠던 씨앗의 지능을 목전에서 확인하는 순간이었다.

"가뭄이 오래갈 것 같으면 씨앗은 아예 웅크리고 나올 생각을 안 하는 것 같아. 성급하게 나왔다가는 열기에 며칠 못 가서 바로 타 죽을 걸 아는 게지."

씨앗은 대기에 짜고도 남을 수분이 채워질 때까지 기다렸던 것이다. 또한 가뭄이 오래갈 거라는 것을 알고 섣불리 나오지 않았을 뿐이다. 얼마 전 몇 방울 떨어졌던 비가 사실은 농담에 불과하다는 것을 나보다 백배는 더 잘 알고 있었던 것이다.

비록 비 온 후 일주일 사이에 쑥쑥 치솟는 풀들 사이로 겨우 머리를 내민 떡잎에 불과했지만 얼마나 뛰어난 본능을 가진 생명체인지를 증명하는 데는 눈곱만큼의 부족함도 없었다.

옆 밭의 참외가 뻗친 기운을 감당하지 못하고 고랑을 넘어와 이십일무밭을 덮으려 하고 있었다. 난 조심스레 그 참외 덩굴을 고랑의 풀 사이로 옮겨주었다.

"시샘하지 말고 좀 봐주게, 응?"

내친김에 장항동 텃밭으로 향했다. 예정하지는 않았던 행차였다. 떡잎들과의 독대를 끝내고 수박밭 김매기와 전에 미처 끝내지 못한 순지르기를 두 시간 남짓하고 나니 제법 허리가 뻐근해서 집에 가서 쉬고 싶은 마음이 굴뚝같았다. 하지만 가뭄 끝 단비에 솟은 새싹 볼 유혹을 끝내 떨쳐낼 수 없었다.

일주일 전, 첫 장맛비가 내리기 직전 오후에 심었던 얼갈이배추의 싹들이 두둑 위를 덮어두었던 마늘 줄기와 잎들 사이로 한 줄의 흐트러짐도 없이 곱게 올라와 있었다.

"일주일 된 놈이나 50일 된 놈이나 크기가 같네."

그보다 뒤에 심었던 열무는 벌써 손가락 세 마디 정도의 싹들을 가지런히 올려냈다. 이제 풀들도 드세게 돋아날 것이고, 장맛비 사이로 간간이 하늘이 맑으면 아무리 땡볕이 세더라도 김매기에 땀 좀 흘려야 할 것이다.

밭을 나오기 전에 사방 1미터도 안 되는 돌나물밭 앞에서 부추 낫을 꺼내 들었다. 봄에 주변의 돌나물을 캐서 옮겨놓은 쪽밭이었다. 어릴 적 어머니가 여름 내내 돌나물로 만들어주셨던 물김치의 맛을 잊지 못해 만든 밭인데, 봄에 한 번 잘라 먹은 후로 긴 가뭄에 노랗게 시들어가던 잎들이 일주일 만에 눈을 의심할 만큼 파랗게 살아나 있지 않은가.

그뿐이랴. 포동포동하게 살이 올라 그들의 작은 세상을 꽉 차도록 덮고 있었다.

된더위 블루스

유기농엔 작물과 사람과의 관계만 있는 것이 아니라는 게
이 초보농부의 눈에도 보이기 시작한다.
땅을 일궈 씨앗을 심고, 그 씨앗이 계산 없이 내주는 선물을 받기까지
얼마나 더 많은 이웃들과의 관계를 풀어가야 하는가.
어렵다.

농사는 관계인가

"그래서 다들 뭐라고 하니?"

"하나같이 쥐약 풀래."

"쥐약을 안 풀면?"

"작물을 포기하면 된다네."

한숨을 쉬며 대답하는 한수의 입에선 길디긴 담배 연기가 뿜어져 나왔다. 그리고 잠시 그와 나 사이에 정적이 흘렀다. 주변의 도시농부들 사이에서는 들쥐로 인한 피해 사례를 들어본 바 없었기 때문에 후배는 평소 알고 있던 몇 시골 농부들에게 자문을 구했던 것인데, 관행농을 하고 있는 농부들에게서 돌아온 답변은 하나같았다.

"쥐약을 풀 수도 없고, 그렇다고 그 참외를 몽땅 그놈들에게 바칠 수도 없고. 얼마 안 있으면 수박도 단 맛이 들 텐데……."

"아우야, 일단 쥐약은 빼세."

"아, 미치겠네. 그 밭에 여러 집 아이들의 입이 걸려 있는데."

쥐약이 해결책이 못 된다는 것을 아우도 모를 리 없었다. 풍동 농장의 텃밭에는 긴 갈대밭이 이웃하고 있는데 맹금류가 내려앉을 수 없어서 들쥐들에게는 천혜의 서식지였다. 뱀이야 몇 마리 있겠으나 개체수를 조절하는 정도일 터.

덩어리로 된 약을 놓으면 쥐가 물고 서식처로 간다고 했다. 그곳에서 온 가족이 둘러앉아 최후의 만찬을 갖는 셈이다. 밭 군데군데 놓아두기만 하면 크지 않은 갈대밭의 들쥐들은 없앨 수 있을 것이다. 하지만 생태계에서 들쥐의 역할이 얼마나 막중한가. 들쥐가 사라진 갈대밭은 벌레가 창궐할 것이고, 그 벌레들이 넘어올 곳이 어디인지는 뻔하다. 재앙이 눈앞에 선하다.

"약을 쳐서 저 갈대밭을 아예 없애버리거나, 아니면 쥐약을 확 풀어서 들쥐들을 박멸하든지 해야 돼. 그렇지 않으면 이 자리든 저 자리든 갈대밭 양편은 들쥐 때문에 농사 다 망쳐. 파 마늘이라면 모를까."

4월 초순 풍동 농장 입구에 생협 공동체원들을 위한 연장간 겸 쉼터로 비닐하우스와 생태 뒷간을 만들던 어느 날, 지나가던 노인이 갈대밭을 가리키며 한 말이었다. 자신은 갈대밭 맞은편에서 밭농사를 지을 거라고 했다.

말을 끝낸 노인이 함께 갈대밭을 없애자고 제안했지만 우리에게 받아 간 것은 정중한 거절뿐이었다. 농법이나 철학의 문제만은 아니었다. 그 갈대밭은, 땅의 주인이 누군지조차 몰랐던 우리가 어떤 형태로든 조치를 취할 수 있는 영역이 아니기도 했다.

가뭄을 이겨낸 수박·참외밭에선 교대로 뿌려지는 비와 햇볕의 향연으로 열매들이 쑥쑥 나와 자라고 있었다. 특히 참외밭엔 벌써 겉이 노랗게 익은 것들이 하루가 다르게 등장했다. 그리고 그 와중에 우린 갈대밭에 거주하는 이웃의 존재는 까맣게 잊고 있었다.

"형, 참외밭에 밤손님이 다녀가셨네."

"응?"

"들쥐들. 어제 들러봤는데 한두 마리가 아냐. 노란 것들은 하나도 안 남겨놨어."

순간 뒤통수를 벽돌로 한 대 얻어맞은 느낌이었다. 봄에 만났던 노인을 떠올린 것도 그때였다. 아, 옆 동네의 주민들. 게다가 지금쯤이면 새끼들도 모두 장성해서 먹성이 장난이 아닐 텐데 미처 대비책도 만들어놓지 못했던 것이다. 돌려 막는 카드의 결제일이 들이닥쳤다 해도 그리 다급하지는 않았을 것이다.

"좌우간 쥐약 빼고 무슨 수를 써서라도 방책을 찾을 것이니 내일이든 모레든 전화하면 밭으로 나오쇼."

한동안 골똘히 상념에 잠긴 듯했던 한수가 주먹을 말아 쥐며 말했다. 그러고는 녹아내리기 일보 직전인 아이스크림을 입안에 부었다. 안주였던 냉커피엔 얼음의 흔적조차 없었다. 입가심이나 하자고 들렀던 편의점 파라솔 자리에서 벌써 소주를 세 병째 비워서인지 그의 눈은 살며시 풀려 있었다. 마지막 잔을 부딪치면서 난 소리를 죽여 웃었다. 결전을 다짐해서일까. 풀린 눈인데도 사납기가 그지없었다.

토요일 오전, 선유동으로 가기 전에 풍동에 들렀다. 한수를 빼고도 두 명이 더 와 있었다. 선유동 농장의 공동체원이자 풍동 농장의 수박·참외밭 공동체 친구들이다. 미리 양해를 구하긴 했으나 한 시간가량 늦어 미안한 마음으로 도착해 보니, 모두 왕성히 자란 토마토밭에서 줄을 연결하느라 씨름을 하고 있었다.

밭에서 옅은 소독약 냄새가 나고 있었다. 밭 입구에 시선이 갔다. 덩그러니 서 있는 크레졸 비누액 병과 나무젓가락들을 보니 작업을 끝낸 것 같았다. 전날까지만 해도 예전엔 약국에서 흔히 살 수 있었던 크레졸을 구하지 못해 일산 시내를 다 뒤졌다던 한수였다.

"약국에서도 팔지 못하는 크레졸을 용케 구했네!"

"말도 말아, 형. 아이스박스나 하나 살 요량으로 마트에 간 김에 혹시나 해서 찾아봤더니 거기에 있습디다. 제길, 그걸 모르고 두 시간 동안 바퀴가 닳도록 헤매고 다녔으니!"

크레졸 용법은 인터넷을 뒤지고 뒤져서 알아낸 들쥐 퇴치법 중 하나였다. 나무젓가락에 크레졸 비누액을 10센티미터 정도의 길이로 적신 후 5~6미터 간격으로 꽂아놓으면 그 냄새로 인해 최소 석 달 동안은 들쥐뿐 아니라 고라니나 멧돼지도 접근을 안 한다.

과수원을 운영하는 어느 고마운 블로거의 경험담이었는데, 볏단 세워놓기와 마늘 사이심기, 담배꽁초 우린 물 뿌려주기 등 여러 가지 방법 중에 우리 선호도가 가장 낮은 것이었다. 어쨌든 용액 자체가 소독제이고 독극물이 아닌가. 하지만 당장 실행 가능하면서도 오래갈 효능은 그것뿐이었다.

들쥐의 길목이라 할 수 있는 밭 옆 고랑에 꽂혀 있는 첫 번째 나무젓가락을 확인했다. 당연한 것이지만 땅속에 박힌 부분은 용액을 묻히지 않았다.

더불어 배낭에서 바짝 마른 마늘대 한 봉지를 꺼냈다. 수확하던 날 밭에서 미처 잘라내지 못해 집으로 가져왔던 마늘대인데 한수가 크레졸을 구하지 못했을 경우를 대비해서 가져온 것이었다. 잘라낸 지 거의 한 달. 봉지에 코를 대고 아무리 간절히 킁킁거려도 마늘향은 흔적도 없다. 하지만 들쥐의 후각을 믿고 갈대밭과의 경계에 흩뿌렸다.

작은 봉지 하나를 또 꺼내 들었다. 담배꽁초였다. 들쥐 덕분에 베란다의 재떨이를 서둘러 비웠다. 꽁초를 일일이 뜯어 수박밭과 참외밭에 날렸다. 우려낸 물은 아닐지언정 효과는 있지 않을까.

이 정도의 조치로 수박과 참외를 수확할 때까지, 또한 바로 이웃한 고구마 공동체의 수확이 끝날 때까지 우리와 갈대밭 이웃 간에 큰 희생 없이 지낼 수 있을까. 맑은 날 하루면 용액은 다 증발해버릴 텐데 이웃들의 코는 그 냄새를 가을까지 맡을 수 있겠는가. 지켜볼 일이다.

다음 날 아우는 '풍신난 도시농부들' 카페에 글을 올렸다. 들쥐와의 협상을 타결했다고. 나는 배를 싸쥐고 웃었다. 들쥐들에게 돌팔매 맞을 제목이다.

크레졸 젓가락을 꽂고 난 다음, 벼락처럼 머릿속에 떠올랐던 카페의 글이 있었다. 4월 초에 벽제 농장의 게시글에 올라왔던 것인데 그 제목은 이랬다.

'고라니와 협상 결렬, 강경 대응.'

오이든 상추든 배추든 가리지 않고 모종을 잘라 먹는 뒷산 고라니들의 행패가 올해 들어 너무 심해 과도한 고라니의 요구 사항을 거부하고 신사협정을 깨기로 했다는 내용이었는데, 다시 찾아 들어가 보니 그 안에 있는 사진이 크레졸 비누액과 소주병, 그리고 종이컵이었다. 들쥐에만 집중하다 보니 미처 기억해내지 못했던 글이다. 인내를 갖고 재협상해보라는 댓글도 있었다.

우리가 들쥐 때문에 골머리를 싸매고 있을 때 구산동 농장의 콩 공동체는 새 떼로 인해 눈물을 흘리고 있었다. 그들은 감자를 수확하고 난 자리에 콩밭을 일궜다. 구산동에서는 1200평 정도의 밭에 마늘과 감자 공동체를 운영했는데 주변이 모두 논이라 그야말로 허허벌판이다.

그런데 콩 심은 것을 어찌 알았는지 싹이 나오기 시작하면서 전에는 안 보이던 새들이 방문하기 시작한 것이다. 비둘기와 까치 그리고 콩 공동체 밭장은 이름을 모르겠다고 하는 큰 새 두 마리까지. 해서 두 차례에 걸친 눈물의 보식을 하고 있었다. 총 서른여섯 개의 이랑 중 여섯 이랑은 손을 쓸 수 없을 정도로 절단이 난 모양이었다. 새를 피하려고 뒤늦게 모종을 구하려니 양은 턱없이 부족하고.

댓글에는 햇빛을 반사하는 반짝이 줄과 허수아비 등이 협상 도구로 등장했고, 깡통에 독수리 상까지 등장했다. 김포의 한 고수 농부는 목초액을 진하게 희석해서 뿌려주라고 조언을 아끼지 않았다. 모두 '짬밥수' 꽤나 되는 도시농부들이다.

유기농엔 작물과 사람과의 관계만 있는 것이 아니라는 게 이 초보농부의 눈에도 보이기 시작한다. 땅을 일궈 씨앗을 심고, 그 씨앗이 계산 없이 내주는 선물을 받기까지 얼마나 더 많은 이웃들과의 관계를 풀어가야 하는가.

어렵다.

풍신난 도시농부, 흙을 꿈꾸다

아이의 혼잣말, 때론 하늘의 선물

　폭염이 정점을 향해 달리기 시작하던 주말 저녁이었다. 선유동 밭일을 마치고 공동체원 중 일부가 지친 몸을 달래기 위해 소주잔을 기울였다. 한수와 특허 사무실에서 근무하는, 자리에서는 막내였지만 나이는 이미 40대 초반인 후배 '셜록', 그리고 나까지. 오후의 땡볕 아래서 밭일을 하느라 물기가 쏙 빠진 몰골이었다.

　소주잔이 몇 순배 돌지 않아 일러스트 선배가 합류했다. 술자리가 선배의 집 근처였기 때문이다. 잠시 후에는 셜록의 아내까지 합세하여 식당 밖의 파라솔 자리가 가득 채워졌다. 모두 풍동 농장 수박·참외밭의 공동체원이기도 했다.

　도시농부라는 점 말고도 그 자리의 주객들 사이엔 몇 가지의 공통점이 더 있었다. 우선 섣부른 기약은 없지만 가능한 한 빠른 귀농을 꿈꾸는 사람들이었다. 그것은 아직 도시에서 벌어두어야 할 몫이 많을 것 같은 막내 부부도 마찬가지였다. 40대 초반임에도 불구하고 굉장히 구체적이고 진지한 열망을 안고 있었다.

하긴 새 삶을 준비하는 것과 나이가 무슨 상관이겠는가. 함께 술잔을 기울이고 있는 나, 그리고 나보다 한 살 위인 선배나 나이 더 먹었다고 더 벌어둔 거라도 있는가. 아니면 손가락 마디 하나만큼은 더 깊다고 내세울 지혜가 있는가. 지식은? 자연 속에서 살기 위해 필요한 지식엔 술자리의 모두가 초보이긴 마찬가지. 참 여러모로 공통점이 많았다. 공통점이 많아서였을까. 열기가 살짝 가신 저녁의 술이 꽤 달큼했다.

공통점이 하나 더 있었다. 하나같이 자식들의 대학 진학에 강박이 없다는 점이다. 나를 제외한 세 집안의 아이들이 아직 어리기는 하지만 성적으로 스트레스를 받거나 억지로 학원을 다니지는 않는다.

자식들이 어려서일까. 수컷들의 술자리임에도 불구하고 종종 자식 얘기들을 나눈다. 다들 자식이 무엇을 애끓게 좋아하는지 알고 싶어 한다. 그것만 안다면 전폭적으로 지원해줄 준비들이 되어 있다. 하지만 부모들에게 그 전갈을 건네기에 아이들은 아직 너무 어리다.

"에휴, 자식들 얘기만 나오면 내가 제일 속 편한 것 같네. 쌍둥이가 고2하고 고3이니. 애들 졸업하고 나만 여건이 되면 짐 싸서 떠날 수 있으니 말이야."

내가 이렇게 말하면 대개 일러스트 선배의 한숨이 뒤따른다. 그

풍신난 도시농부, 흙을 꿈꾸다

선배는 쉰넷의 나이에 큰애가 이제 초등학교 2학년인 것이다.

"그러게 말이야, 화진 씨는 끝이 보이잖아."

"게다가 형네 딸년은 지가 좋아하는 것을 하잖우."

한수의 말에 난 기꺼이 고개를 끄덕였다. 아마 그 점에 내가 가장 고마워해야 할 것이다.

학교 공부를 좋아서 하는 아이가 몇이나 있겠는가마는 내 자식들은 유달리도 공부를 싫어했다. 큰 녀석뿐 아니라 다섯 살 터울의 딸 쌍둥이들까지 그랬다.

큰애를 먼저 보내고 난 다음 해, 쌍둥이의 간곡한 요청으로 학원을 더 이상 다니지 않아도 된다고 허락했다. 녀석들이 중학교 2학년 때였다. 예상한 대로 아이들의 성적은 바닥을 모르게 곤두박질쳤다.

그래도 우리 부부는 애들에게 공부하라거나 최소한의 석차는 유지하라는 말을 하지 않았다. 대신 커서 되고 싶은 것, 혹은 미치도록 좋아하는 것이 무엇인지 확신이 들면 알려달라 했다. 물론 실낱같은 희망이었다. 스스럼없이 자신의 구체적인 꿈을 내보이는 아이들을 보기가 얼마나 어려운지 학교에서든 학원에서든 선생질을 해본 사람들은 잘 알 것이다.

중학교 3학년이 되었을 때 쌍둥이 중 큰애는 학교생활마저 적응을 못해 휴학을 하게 되었다. 부모 된 자로서 능력의 한계를 절절히 느끼며 산 시절이었다. 마음을 터놓을 수 있는 지인들을 만나면 지혜를 구걸하던 시절이기도 했다.

그해 봄 어느 일요일 오전이었던 것 같다. 평소 같으면 아버지가 입원해 있던 병원에서 병상을 지키고 있어야 할 시간이었다. 어인 사연으로 내가 집에 있게 되었는지는 기억에 없다. 다만 선명한 기억 저편의 거실에서 난 컴퓨터를 마주하고 있고 쌍둥이 중 작은애는 동물이 나오는 프로그램을 보고 있다.

"아빠, 저 여자들은 월급을 얼마나 받아요?"

뜬금없는 아이의 질문에 고개를 돌려보니 TV 화면에 있는 것은 정신없이 바쁜 동물원의 사육사였다.

"글쎄…… 비싼 동물의 생명을 다루는 직업이니 모르긴 몰라도 다른 직종의 여자들보다 적게 받지는 않을걸. 왜?"

"월급만 괜찮다면 저거 정말 하고 싶은데."

혼잣말처럼 중얼거리던 아이의 말에 마우스로 향하던 내 손이 허공에서 얼어붙었다.

"사육사가 되고 싶다고?"

"조련사면 더 좋은데……."

나는 진심이냐고 한 번 더 물었고 아이는 고개를 끄덕였다. 눈길은 시종일관 화면에 고정되어 있었다.

"만일 동물 다루는 걸 가르치는 고등학교가 있다면 너 그리 갈래?"

아이의 눈이 반짝였다.

풍신난 도시농부, 흙을 꿈꾸다

"당근 가죠. 그런데 그런 학교가 있겠어요?"

그런 학교가 있었다. 검색어를 동원해보니 어렵지 않게 찾을 수 있었다. 문제는 그 학교가 고양시에 있다는 사실이었다. 오직 경기도민만 입학할 수 있었다. 인천광역시민은 지원조차 할 수 없었고, 우리 가족이 살고 있던 인천에서는 어떤 경로를 통해 알아봐도 그런 학교의 존재를 확인할 수 없었다.

학원 공강 시간에 그 학교의 교감 선생과 통화까지 하고 나서 아이에게 학교의 존재를 알려주었다.

"그런데 말이지, 아직까지 미달은 없었대. 동물을 키워봤는지는 안 따지는데 대신 성적은 본다네. 어쩌지?"

"괜찮아요, 아빠. 난 합격할 거니까."

홈페이지를 통해 교정을 둘러보던 아이는 이미 그 학교의 학생이 된 양 콧노래를 흥얼거렸다. 여름방학 중에 학교에 직접 찾아가서 교정을 둘러보는 아이의 입가엔 흐뭇한 미소마저 일었다. 자신의 새집을 둘러보기라도 하듯이. 교무실에서 만난 당직 선생이 성적표를 보고 길게 내쉬던 한숨 따윈 안중에도 없다는 듯이.

그날 인천으로 돌아오는 차 안에서 우리 부부는 합격 여부와 상관없이 이사를 결행하기로 했다.

지성이면 감천이었을까. 입학에 성공한 아이가 보여준 변화는 실로 놀라운 것이었다. 견사 관리를 위해 매일 밤 10시 반이나 돼야 집에 돌아오고 주말도 반납하기 일쑤였지만 큰 불평 한마디 하는 일 없었다.

그뿐이 아니었다. 아이가 집에 상장을 가져오기 시작했다. 고등학교 1학년 때 경험 삼아 참가한 전국대회의 도그쇼에서 고등부 최우수상을 받아오기도 했다.

"아빠, 저 대상 탔어요!"

어느 저녁 핸드폰을 통해서 들려오던 딸의 외침을 지금도 잊을 수가 없다. 며칠 뒤 녀석은 50만 원의 상금도 집으로 가져왔다. 공부하기를 끔찍이도 싫어하던 아이가 지금은 2년제 전문대학이라도 갈 준비를 하고 있다. 자기 전공에 대한 애착이 그만큼 큰 것이다.

3년 전 내 귓가에 들려온 아이의 중얼거림이 준 변화는 실로 막대한 것이었다. 언젠가 난 아이에게 말했다. 알려줘서 고맙다고. 우리 가족을 일산으로 옮긴 사연을 아는 친구들 중 어린 자녀를 둔 사람들은 언젠가 자신의 아이에게서 그 중얼거림을 듣기 위해 귀를 세우고 있다.

아이만 변한 것이 아니었다. 아비인 내게도 큰 변화를 안겨주었다. 일산에 와서 텃밭을 경험하고 농사의 기쁨을 알게 된 것, 그리고 귀농을 마음에 품게 된 것도 따지고 보면 그날의 중얼거림 덕분이 아닌가.

또 하나의 변화가 있었다. 이사 온 그해 가을 우리 가족에게 새로운 식구가 생긴 것이다. 집 안에 개를 들인다는 것은 마누라로서는 어마어마한 결정이었다. 개를 끔찍이 싫어했던 사람이다. 실제

풍신난 도시농부, 흙을 꿈꾸다

로 인천의 옛집에서는 젖을 갓 뗀 흰 강아지가 무서워 창틀 위로 올라갔던 여자였다. 쌍둥이가 초등학교 1학년 때 키우겠다고 친구네 집에서 얻어온 강아지를 다시 안고 나가면서 지었던 슬픈 표정이란.

그런 마누라가 아이의 전공 때문에라도 집에서 강아지 한 마리를 키우기로 한 것이다. 태어난 지 넉 달 남짓 된 시추 한 마리를 데려와 '레인'이라 이름 지었다. 그 녀석이 벌써 세 살이 되었다.

얼마나 귀염을 잘 떠는지 지금은 마누라도 제 새끼인 양 노상 끼고 보듬는다. 매일 산책을 하는데 잠시 벤치에 앉아 쉬고 있노라면 녀석은 마치 주인을 보호하기라도 하듯 꼼짝 않고 서서 경계를 선다.

이사 온 그해 가을, 학교생활도 안 하고 집에서 쉬고만 있던 쌍둥이 큰애의 불안한 영혼을 달래준 것도 그 어린 생명이었다. 우리 가족에겐 하늘이 내려준 선물과도 같은 존재인데 그 또한 근원을 찾아 올라가다 보면 그날의 중얼거림이 있다.

인간사 미래는 알 수 없는 노릇이고 과정의 선악을 섣불리 판단할 수도 없겠지만, 불현듯 자신의 욕망을 알려준 내 자식에게 지금도 고마워한다. 첫째는 그 자신의 인생을 위해서이고, 더불어 가족을 위해서이기도 하다.

그날 술자리를 함께했던 친구들에게도 늦지 않은 어느 날 신의 선물 같은 중얼거림이 들려오기를 소망한다.

시인과 선생

내가 다니던 고등학교엔 시인이 두 분 계셨다. 국어를 가르치던 황금찬 선생과 영어를 가르치던 박희진 선생이다. 황 선생은 당시 이미 환갑을 바라보던 노인이셨고 박 선생은 40대 중후반의 중후한 중년이셨는데 굉장한 미남에 반백, 그리고 독신이었다.

두 분 모두 입시 도사들은 아니어서 고등학교 2학년까지만 가르치셨는데 나뿐 아니라 모든 학생의 존경을 받고 계셨다. 여고생들처럼 선생 인기투표를 했다면 아마도 상위 다섯 명 안에는 들고도 남을 분들이었다.

실제로 내가 수업을 듣는 동안 두 선생에게서 단 한 마디의 욕은 물론이고 고함 한 번 들어본 적이 없었다. 그래도 그분들의 수업시간엔 아이들의 집중도가 항상 좋은 편이었다. 당연한 얘기겠으나 좋아하고 존경하는 선생의 수업엔 자세부터 달라지는 법이다.

선생이 얼마만큼 점수를 올려줄 수 있느냐는 중요하지 않았다. 요즘 세상과 비교하면 격세지감이 꽤 크겠지만 당시엔 점수를 올리는 것은 온전히 학생 스스로의 몫이었기 때문이다. 과외를 받을 수 있던 애들은 돈 많은 집 자제이면서 성적이 너무 떨어지는 극소수였고 학원이라야 종로에 있는 단과 학원 몇 개가 전부인 시절이었다. 그래서 대개 아이들은 집에서 공부하면서 점수를 올렸다.

아, 시인이 한 분 더 계셨다. 내가 2학년을 마치기 전에 은퇴하셨던 교장 선생, 내 기억에 그 시절에도 머리가 백발인 노인이었는데 은퇴 전에 시집을 내셔서 샀던 기억이 있다.

이분의 학교 운영 방식은 참 독특해서 우리 학교의 자유로움은 다른 어느 학교에 비할 바가 아니었다. 그건 선생과 학생 사이에서도 마찬가지였다. 물론 더러 까불거나, 기운을 주체 못해 사고를 치는 학생들도 있었고, 무작스럽게 학생들에게 손찌검하던 선생도 한두 명 있기는 했지만 그야말로 극히 드문 경우였다. 학내에서 학생 간의 쌈질도 내 기억엔 거의 없었다.

그 자유로움 중 한 가지는 아침 등굣길에서부터 시작된다. 교문 안에 선도부 학생들과 선생이 서 있기는 하되 지각생을 잡아두지 않았다. 지각생은 선생의 훈계 몇 마디 듣는 것으로 벌을 다하고 바로 교실로 들어가면 됐다. 벌보다 수업을 우선으로 쳤기 때문이다.

난 지각이다 싶을 때면 가끔 학교 바로 옆, 지금은 대학로로 유명한 옛 마로니에 공원의 벤치에 앉아 반 시간 정도 책을 읽고서 교문에 들어서기도 했다. 그러면 선도부도 선생도 없었다. 그렇다고 첫 교시를 빼먹어서 교무실로 불려가거나 담임에게 따로 혼나본 적도 없다. 나를 아는 친구들 말마따나 내가 선생인 아버지의 덕을 본 건지도 모른다. 그런 학교를 다녔는데도 그 제도와 교복이 싫어 졸업하기까지의 3년이 끔찍했으니 내 성질은 얼마나 고약했던 것일까.

학교를 다니던 시절 나는 매달 시험을 봤다. 중간고사와 기말고사가 없는 달에도 전 과목을 다 보는 월말고사가 있었다. 그뿐이랴. 그때는 문과생도 과학 네 과목을, 이과생도 사회 전 과목을 배웠고 시험도 봤다.

채점 또한 모든 시험지에 일일이 빨간 색연필로 동그라미나 사선을 그어가며 해야 했다. 게다가 한 반의 평균 학생 수는 예순 명이 넘던 시절이다. 매월 그 많은 시험지를 채점하고 합산과 평균이 들어간 일괄성적표까지 만들어야 했으니 선생들의 입장에서는 매달 치러야 하는 고된 사역이었던 셈이다.

전산 처리에 익숙한 요즘 선생들은 상상도 못할 일이다. 전산 처리 때문에 강제로 도입된 객관식 문제는 그 시절 학교 시험에서는 구색 갖추기 정도의 수만 있었다.

시험이 끝나면 선생들은 채점을 위해 학생들의 도움을 자주 받았고, 전자계산기도 귀한 시절이라 합산과 평균을 낼 때면 주산 실력이 좋은 아이들은 교무실로 '초빙'되어 가기도 했다.

시인인 박희진 선생은 셈에 유독 약하셨다. 나를 포함한 셋 정도가 선생의 채점을 돕고자 늘 자원하곤 했는데 셋 다 독서나 문학취향이 강한 친구들이었다. 그래서인지 시험 끝난 후의 일요일 아침에 혼자 사는 시인의 작은 아파트를 찾아가는 길엔 늘 신명이 돌았다.

선생의 집 현관을 열고 들어가면 제일 먼저 눈에 들어오는 것이 현관에 도열돼 있는 소주병들이었다. 거실엔 네 사람 오붓하게 앉을 수 있는 소파가 있었는데 집에선 노상 바닥에 주저앉기만 하던 우리에게 그 소파에 앉는 것도 작은 호사였다.

선생의 방엔 셀 수 없을 만큼 많은 책이 있었다. 사방 벽을 두른 책꽂이 앞으로도 온통 책 더미들이었다. 선생 댁을 방문할 때마다 꼭 한 번씩은 그 방에 들어가서 심호흡을 몇 번씩 했던 게 엊그제일 같다.

아무리 채점할 시험지가 많아도 셈 빠른 애들 셋이 덤벼들면 점심때를 넘기는 일이 없었다.

"너희들은 늘 중국집이지?"

식사와 요리 한 가지를 정하고 나서 수화기를 들기 전에 선생은 꼭 이런 질문을 하셨다.

"아 참, 마실 건 뭐로 하지? 사이다, 아니면 소주?"

해보나 마나 한 질문인 걸 알면서도 한 번도 거르지 않으셨고 주문도 절대 두 병을 넘기지 않으셨다. 지금 돌이켜보면 당시엔 고등학생이면 반은 어른 대접을 받았던 것 같다.

식사가 끝나면 꿀맛 같은 보상의 시간이 이어진다. 우리는 주로 질문하고 듣는 입장이었지만 소주잔을 기울이며 스승과 함께 나누는 문학 이야기의 그 깊은 맛을 무엇과 바꿀 수 있겠는가. 톨스토이, 황순원, 김유정, 헤르만 헤세, 윤동주, 귀스타브 플로베르, 김승옥, 루이제 린저……

최인호와 한수산, 리처드 바크, 프랑수아즈 사강 등 당시에 활발하게 창작 중인 작가들에 대한 이야기도 빠지지 않았는데, 특히 선생은 당시 신문에 『장길산』을 연재하고 있던 소설가 황석영에 대해 각별한 기대를 가졌던 걸로 기억한다.

문학과 세계를 바라보는 시인의 마음을 선생의 굵은 저음을 통해 듣는 것이 무엇보다 즐거웠다. 시인의 화법엔 격랑은 없으나 숲을 가르는 여울처럼 굽이가 있었고, 작은 물보라에도 반사되는 햇살처럼 가슴을 적시는 잔영이 있었다.

당시에는 몇 잔의 소주만 마실 수 있는, 그저 입만 다시는 정도였지만 선생의 목소리를 타고 나온 언어들은 우리 모두를 흠뻑 적시기에 충분했었다.

2학년 때, 5월이었을까. 아니면 9월의 오전이었을까. 계절을 구분하지 못하는 것은 나의 기억이 그날 교실 창밖의 하늘빛에만 닿아 있기 때문이다.

교실에 들어온 황금찬 선생은 좀체 수업을 하실 의향이 없어 보

였다. 출석부는 펼쳐보지도 않은 채 하염없이 창밖만 응시하고 계
셨다. 하릴없이 선생의 다음 동작만을 기다리고 있던 학생들 사이
에서 결국 작은 동요가 일었다.

"선생님, 무슨 안 좋은 일이라도 있으세요?"

눈길을 창밖 하늘에 뺏긴 선생은 교실이 꺼져라 깊은 한숨만 쉴
뿐이었다. 이윽고 고개를 돌린 선생이 예의 자분자분한 목소리로
말문을 여셨다.

"어제는 지인들과 함께 병원에 있는 친구를 만나고 왔어요. 마누
라 죽고 나날이 시름겨워지더니 병을 얻은 것도 모자라 실어증까
지 온 친구예요."

선생은 수업시간에 늘 경어를 잃지 않으셨다. 그리고 선생의 목
소리를 떠올리면 난 늘 봄 햇살 아래서 봄바람에 일렁이는 풀밭을
본다.

"그나 우리나 모두 글을 쓰는 친구이자 오랜 세월 함께한 말벗,
술벗이었는데 병실에 들어온 친구들을 보고도 말 한마디 없이 창
밖만 응시하더군요. 철문을 이중 삼중으로 잠그면 그 친구의 입만
큼 완강할 수 있을지……."

선생은 수업시간 내내 병을 얻은 친구와 당신, 그리고 함께 병문
안 갔던 친구들의 지나온 삶과 애환을 풀어주셨다. 특히 짝을 먼
저 보내고 스스로 세상과의 소통을 막아버린 친구 시인의 가난하
고 고단했던 삶에 대해 듣고 있는 동안, 교실은 꽃잎 떨어지는 소

리도 들을 수 있을 만큼 깊은 정적에 빠져들어 있었다.

"이보게 친구, 이러다 자네 정녕 우리와 세상을 먼저 등지려 하는가? 뭐라도 좋으니 한마디만 하시게!"

딱 물 흐르는 소리 정도의 높낮이로 말씀하시는데 어찌 그리 모질게도 가슴속을 휘저어놓는지 몇 자리에서는 코를 훌쩍거리는 소리마저 들렸었다.

선생이 가슴 저미는 병문안 이야기를 끝내자 약속이나 한 듯 수업 종료를 알리는 종이 울렸다. 자리에서 일어서는 반장을 손짓으로 앉힌 선생이 책과 출석부를 가지런히 포개 들고 그윽한 눈길로 우리를 둘러보고는 말씀하셨다.

"오늘은 하늘빛이 너무 고와서 수업을 하기가 싫어졌어요. 그래서 머리에 떠오르는 대로 소설을 한 편 써봤어요. 어째 재미는 있었는지 모르겠어요."

교실은 순식간에 아수라장이 됐고, 선생은 목이 꺾일 정도로 껄껄대시며 교실 문을 나섰다.

웅장하지 않은가! 국어 선생이 눈부신 모국어로 10대 후반 사내놈들의 영혼을 쥐도 새도 모르게 훔쳤다가, '옛다, 이놈들!' 하며 되돌려주는 장면이었다.

"짜식들, 니들은 그런 국어 수업 들어본 적 없지? 술 한잔 기울이며 문학과 세계를 논할 선생은 아예 꿈도 못 꾸지?"

풍신난 도시농부, 흙을 꿈꾸다

"그 선생님들 요즘 계셨으면 당장 잘리죠!"

학원 선생 시절 고등부 수업 중 잠시 짬이 났을 때 두세 번쯤 두 선생의 이야기를 들려줬던 것 같다. 숨도 제대로 못 쉬고 입시에 매달려 있는 아이들, 선생을 존경한다는 것이 무엇인지 그 속내를 알지 못하는 아이들은 그저 부러워할 뿐이다.

세월이 흐르면 교육의 풍토도 바뀐다. 다행히 요즘 교육계와 학교에서 실험되고 있는 것들을 보면 우리 교육의 미래가 아주 어둡지만은 않은 것 같다. 아름다운 모국어로 학생들의 넋을 빼는 선생, 차 한잔이라도 같이 하면서 예술이든 과학이든 철학이든, 혹은 세상의 어떤 물정이든 나눌 수 있는 선생을 아이들도 만나게 될 것이다.

『빛과 어둠의 사이』, 오늘 우연히 베란다의 책꽂이에서 내 눈에 들어온 박희진 선생의 시집을 두서없이 펼쳐 감상한다. 내가 고등학교 1학년이었을 당시 9월에 선생이 남겨주신 표지 안쪽의 자필 서명이 아직도 또렷하다. 팔순과 구순이신 두 분 스승에게 마음 깊이 항상 감사한다. 건강하시기를 바란다.

된더위 블루스

8월 나흗날, 된더위

휴가철이라 그런지 평소 같으면 최소한 수십 명이 바글거렸을 우
보 농장에 네댓 명밖에 보이지 않았다. 아침 7시부터 밭을 돌보고
있던 고추 공동체 식구들이었다. 10시 넘어서 도착한 나는 부리나
케 가방에서 낫과 호미를 꺼내 들고 밭으로 향한다.

'고도농(고양도시농부학교) 2기 밭'이라 명명된 30평의 밭은 올봄에
농부 수업을 마친 수료생들을 위해 우보 농장에서 제공한 주말 농
장 밭이다. 초기에는 수료생 중 예닐곱이 토요일마다 관리를 해서
제법 공동 텃밭의 모양새를 갖추었는데, 지금은 나를 포함한 한두
명의 수료생만이 토요일 오전에 잠깐 관리하는 밭이 되어 있었다.
다들 살기 바쁜 데다가 개인적으로 집 주변에 작은 텃밭을 가꾸기

풍신난 도시농부, 흙을 꿈꾸다

시작했을 터이니 직장 생활을 하면서 주말에 애써 나오기가 힘들어진 탓이다.

2기 밭으로 걸어가면서 장갑과 토시를 낀다. 마음이 급하다. 밭일이 많아서는 아니었다. 밭에 남은 작물은 오이와 고추, 가지, 호박, 그리고 고구마 정도가 전부였다. 감자나 양배추, 그리고 각종 쌈 채소가 있던 밭은 수확 후 야콘밭이 되어 있었다. 올해 야콘 모종이 너무 잘되어서 빈 밭만 생기면 이식해주고 있다.

밭에서 할 일이라곤 약간의 수확과 적당량의 김매기 정도였다. 마음이 급한 이유는 오로지 날씨 때문이었다. 해가 더 높이 뜨기 전에 끝마쳐야 했다. 낫질 몇 번에 벌써 숨이 턱까지 차오르고 바지는 사타구니께부터 흥건히 젖어들기 시작했다. 물 대신 땀방울을 쉼 없이 밭에 뿌린다. 염분도 거름이다 싶을 즈음엔 이미 무아지경에 든 셈으로 간간히 고추며 오이들과 자잘한 수다까지 떤다.

"막걸리 한잔하셔!"

마침 김매기를 끝낸 참이었다. 하우스에서 들려오는 외침에 정신을 차리고 시계를 보니 한 시간 남짓 지나 있었다. 일어서려는데 젖은 바지가 허벅지에 들러붙어 첫걸음부터 방해한다. 잎새 하나 흔들 만큼의 바람도 없다.

허우적거리며 하우스까지 가는 동안 우아하게 경포 해안의 물속을 걷는다는 상상을 해본다. 어림 반 푼어치도 없는 시도였다. 이런 날씨엔 해가 뜨기 전에 일을 해야 하는 것을. 게으른 도시농부의 속절없는 후회일 뿐이다.

붉은 빛의 살얼음이 얹힌 비트 물김치를 안주 삼아 막걸리를 한 잔 걸치자 우보가 낫을 들고 일어섰다.

"이렇게 뜨거운데 뭘 하려고?"

"오토 형님 밭에 가서 풀도 잡고 수확도 하려고요."

"오토네 밭을 웬일로? 그 친구 어디 갔어?"

나랑 동갑내기이자 지리산 기슭에서 자랐던 '오토'는 누구보다 유기농에 내공이 깊은 친구다. 설비가 생업인 그는 우보 농장에서 한 이랑 다섯 평짜리 개인 텃밭을 가꾸고 있는데 워낙 설계도 치밀하고 수확량도 많아서 우보의 말을 빌리면 그의 밭은 거의 교본에 가까웠다.

또한 토마토든 고추든 가지치기를 일절 하지 않으면서도 작물을 실하게 키우는 것으로 유명한 친구였다. 아직 소문으로만 들은 것이지만 늦가을까지 토마토를 따 먹는다고 했다.

"필리핀 처가에 가 있잖아요."

"그래? 그럼 같이 가세. 이참에 나도 그 친구 밭 구경 좀 하지 뭐."

그의 밭에 도착하자마자 내 입에선 감탄사가 나왔다. 호박과 오이, 토마토, 그리고 여주에 이르기까지 한 이랑 전체가 지지대로 덮여 있는 것이 아닌가. 거기에 토마토밭 양 가장자리로 고추와 가지를 사이짓기하듯 심어서 지지대와 끈을 공유하게 해놓았다. 쳐

풍신난 도시농부, 흙을 꿈꾸다

내지 않은 가지들 또한 얼마나 꼼꼼히 매달아 놓았던지 정글처럼 빽빽한 방울토마토밭이 잘 여문 과실들로 가득했다. 손을 깊이 집어넣을 수 없어 다 따지 못할 지경이었다.

밭 가장자리의 풀만 조금 베면 될 정도로 풀 관리도 잘 되어 있었고, 두둑 위에는 베어낸 풀들이 두툼하게 덮여 있어서 도무지 한 치의 허술함도 찾아볼 수 없었다. 잠깐의 품으로 한 바구니 가득 따온 작물을 하우스로 가져와 평상에 분류해서 놓으니 비 한 방울 없는 된더위 속에서 옹골차게 자란 작물들의 때깔이 그지없이 곱다.

8월 닷새, 된더위

장항동 텃밭에서 김장밭 만들 준비를 한다. 합해서 한 이랑밖에 안 되는 대파와 부추밭을 제외하고는 모든 밭을 새로 만들어야 한다. 무와 배추, 갓과 쪽파까지 30평 남짓한 밭에 다섯 가구의 김장거리를 키워야 하는 것이다. 아무리 불볕더위가 기승을 부리고 있다 해도 미룰 수 없는 준비 과정이다.

오후 3시가 넘어 한수와 나, 그리고 올해 텃밭의 김장 공동체에 새로 합류한 젊은 선생이 텃밭에 모였다. 그는 학교에서 텃밭 동아리 지도교사를 겸하고 있다고 했는데, 모시고 있는 모친에게 우리

식으로 키운 배추가 좋은 선물이 될 수 있기를 기대하고 있다.

"어차피 땀으로 목욕을 할 거, 막걸리나 한잔하고 시작합시다!"

한수가 버드나무 그늘로 아이스박스를 옮기면서 호기롭게 외쳤다. 아무도 토를 달지 않고 그늘 속에 자리를 잡았다. 낮 최고 기온 36도. 아무리 해가 정점을 넘었다 해도 밭은 보는 것만으로도 등을 젖게 만들었다.

한 시간 넘게 밭 전체의 풀을 잡았다. 한동안 돌보지 않아 그런지 빈 밭의 풀들은 맘껏 자라나 있었다. 수확을 끝낸 마늘·양파밭에 뿌려두었던 열무와 얼갈이는 김치를 담그기에는 크기가 보잘것 없었지만 풀을 제어하는 역할만큼은 충실히 수행해주고 있었다. 해서 작은 것들은 아예 뽑지 않고 남겨두었다.

풀 더미를 밭 가장자리에 쌓으며, 열흘 후쯤 김장밭을 다 만들고 나서 두둑을 덮어줄 생각을 하니 그나마 잘 자라준 풀이 고맙기 그지없다.

김매기를 끝낸 밭에 먼저 목초액을 500대 1로 희석해 뿌렸다. 병충해 방지와 땅속 미생물의 증식을 위해서였다. 공교롭게도 농장에 있는 물뿌리개의 덮개들이 하나도 보이지 않았다. 덮개 없이 목초액을 뿌리다 보니 골고루 덮이지 않고 얼기설기 드리운 오이 그물망처럼 되어버렸다. 해도 토양에 직접 살포하는 양은 과하게 하지 않으려는 마음에 더 이상은 삼갔다. 필요하면 나중에 분무기로 흠뻑 적셔주리라.

풍신난 도시농부, 흙을 꿈꾸다

목초액 뿌린 땅 위로 석회를 흩뿌렸다. 땅의 중화반응을 돕기 위한 것이었다. 우리가 키우는 채소나 곡식류는 주로 칼슘 등 미네랄 성분, 특히 석회를 흡수하여 땅을 노화시키고 산성화시킨다. 게다가 비조차도 산성화되어 있기 때문에 4년째 경작하고 있는 텃밭에 알칼리 성분을 보충해주기 위해 김장밭을 핑계 삼아 처음으로 뿌려준 것이다. 밭장인 한수가 이리저리 고민하고 자문을 구한 끝에 내린 결정이었다.

"꼭 그렇게까지 해야만 할까?"

"유기농이지만 조금이라도 더 실한 작물을 만들어봅시다. 찾아보고 실행하지 않으면 어떻게 농사가 늘겠소?"

역시 밭장은 마음자세부터가 나하고는 다르다.

마지막으로 붕소 가루를 뿌렸다. 생육 초기에 발아와 성장을 원활하게 해주고 잎맥 사이의 황화현상을 방지해준다는데, 작년 김장밭과는 어떤 차이점을 보여줄지 벌써부터 궁금하다. 열흘 후쯤 밭을 만들기 전에, 적당량의 비가 내려 오늘 뿌려준 것들이 땅속으로 잘 스며들기를 기대한다.

8월 이레, 말복, 된더위

말복이 지나면 아침저녁으로 선선해지는 법인데 올해도 그러려

나. 종일 컴퓨터와 TV 앞에서 빈둥거렸다. 땀이 덜 나게 움직임은 되도록 자제한 채.

TV에서는 쉬지 않고 올림픽 소식이 흘러나왔다. 어젯밤 술자리 때문에 보지 못했던 새벽 경기 영상을 부지런히 챙겨봤다. 나이를 먹었어도 변함이 없다. 특히 올림픽 기간에는 술자리만 없다면 아직도 밤샘이다.

더 이상 새로운 올림픽 소식이 없는 오후에는 뉴스를 검색하느라 컴퓨터 앞에서 진을 친다. 날씨와 관련된 뉴스들이 주로 내 시야에 들어온다.

—폭염으로 41만 마리의 가축 폐사
—바다 적조로 양식장 돌돔 폐사
—필리핀 태풍과 집중호우로 마닐라 도시 기능 마비, 이재민 200만 명 예상

기사를 보자마자 오토의 처갓집이 걱정이다. 나중에 필리핀에 가서 살고자 한다는 친구다. 우보의 말에 의하면 집 지을 준비까지 다 하고 오느라 필리핀에서 제법 오래 있다 온다 했는데 별 탈 없는지 걱정이 앞선다.

어찌된 일인지 한반도는 태풍마저 비껴가고 있다. 두 개의 태풍이 중국과 필리핀을 치고 있는 동안 한반도는 된더위의 가마솥이다. 내일 새벽 1시의 기온도 29.9도란다.

—대치동 XX아파트, "배달원은 계단 이용할 것"

풍신난 도시농부, 흙을 꿈꾸다

엘리베이터에 부착돼 있는 경고문의 내용이 가관이다. 이 정도 되면 인간이 어느 정도까지 천해질 수 있는지 진지하게 궁금해진다. 폭염에 책임을 물을 성질이 아니지 싶다.

—녹조라떼

올 것이 오고야 말았다는 느낌이다. 긴 가뭄에 폭염이 겹쳐서 하천 중상류까지 발생한 녹조. 멀쩡한 강에 삽질을 시작할 때부터 예상됐던 여러 재앙 중 하나가 눈앞에서 펼쳐지고 있다. 물을 가둬 놓는 보로 인해 유속이 열 배 이상 느려진 하천에서 요즘 같은 기후에 유독성의 녹조가 발생하지 않는다면 그것이 오히려 불가사의 일 것이다.

기사와 뉴스 동영상을 계속 클릭한다. 국토부든 환경부든 현직 관료라는 자들은 하나같이 자신들은 4대강 공사와 무관하다고 똑같은 대본을 읽는다. 모든 탓을 하늘에 돌리라 한다. 눈 가리고 아웅도 정도가 심하다.

내 나이 정도만 살아도 올해 정도의 기후 조건이 적어도 10년에 한 번꼴로 되풀이된다는 사실을 잘 안다. 그 어떤 경우에서도 이렇게 재앙과 같은 하천 녹조는 발생한 적이 없다는 것도 잘 안다. 한 언론사의 기자가 찾아간 가정집에서는 수돗물에서 악취가 난다고 난린데, 관료는 지극히 평온한 표정으로 말한다. 정수된 물엔 아무 문제가 없다고.

문득 올해 초에 우연히 본 유튜브 영상 하나가 떠올랐다. 작년에 열렸던 후쿠시마 공청회에 참석했던 주민이 촬영해서 올린 5~6분 짜리 동영상이었는데, 그 짧은 동영상에 공청회의 전 과정이 담겨 있었다.

주민들과 앞줄에 앉은 관료들 사이에 단 몇 마디가 오갔을 뿐인데 대략 이런 내용이었다. 더 이상의 내용이랄 것도 없이 공청회는 깨져버렸다.

"후쿠시마 주민들도 방사능 피해 없이 건강히 살 권리가 있지 않은가?"

"정부는 방사능 노출량을 줄이기 위해 최대한 노력했다."

"질문에 답하지 않았다. 권리가 없다는 것인가?"

"그럴 권리가 있는지는 모르겠다."

"우리를 대피시킬 방안은 있는가?"

"대피할 사람은 해라. 정부는 책임지지 않는다."

"도쿄로 갈 때 우리 아이들의 소변을 가져가서 분석해달라."

"그건 우리 소관이 아니다."

좀비 영화를 보면서 한 번도 좀비가 악하다는 생각은 해본 적이 없다. 그저 '무뇌한'일 뿐이니까. 하지만 그 동영상 속에서 앞줄에 앉았던 좀비들, 또한 영상엔 안 나오지만 그들을 파견한 일본의 거대 관료 집단에게서는 시궁창보다도 역한 악의 냄새가 났다.

너무 과격한 비유일지는 모르나 우리는 얼마나 다를까. 된더위에 땀을 훔치며 기사를 검색하다가 발견한 대한민국의 관료들에게

풍신난 도시농부, 흙을 꿈꾸다

서도 비슷한 냄새가 진동한다. 그들이 그 자리를 계속 지키고 있는 것, 그것이 어떤 재앙보다도 가공할 재앙이 아닐지.

선유동 청년들

"아뿔싸, 휴대폰을 집에 두고 왔네. 일부러 현관 앞에다 놔두고
는 까먹다니……. 정신머리 하고는!"

한수의 차 안에서 바지 주머니를 뒤적거리다 정신이 번쩍 들었
다. 다시 집을 돌아가자고 하기엔 제법 멀리 와 있었다. 너무 오랜
시간을 몸에 지니고 살아서였을까. 전화기 하나 잊었을 뿐인데 마
치 출장길에 여권을 집에 두고 온 것마냥 이리 큰 낭패감이 들다니.

"하하, 우리 나이에 그런 정신머리가 어디 하루 이틀이요? 연락
받을 일 없으니 외려 속 편하고 좋지, 뭘."

"사진을 찍을 수가 없게 됐으니 하는 말이지. 오늘 간만에 선유
동 밭들을 골고루 찍어두려고 했는데."

"걱정 마쇼. 내가 듬뿍 찍어서 메일로 보낼게."

"아, 그렇군."

풍신난 도시농부, 흙을 꿈꾸다

요즘 같은 디지털 시대에 걱정할 감도 안 될 것으로 호들갑 떨었다는 생각에 실소가 절로 나왔다. 밭에 나올 때마다 애지중지 챙겨서 지니고 다녔던 버릇 때문일 게다.

전화기는 '스마트' 할지 모르나 사용자인 나는 그만큼 똑똑하지 않다. 그래서 기계가 할 수 있는 수많은 기능을 쓸 줄도 모르고 하고자 하는 욕망도 없다. 전화와 문자만이 변함없이 내가 그 똑똑한 놈을 통해서 하는 주업이다. 하지만 그런 놈이 없음을 아쉬워하는 이유는 오로지 화질 좋은 카메라 기능 때문이다. 하여간 기가 막힌 세상이다.

선유동 농장에 도착하니 밭을 끼고 도는 개울물 소리가 먼저 반긴다. 며칠간 내렸던 비로 수량이 넉넉한 모양이었다.

"오랜만이네요!"

"어이쿠, 정말 오랜만일세!"

아침 작업임에도 셜록이 일찌감치 와서 일할 준비를 갖추어놓고 있었는데 주고받는 인사가 평소보다 더 살갑다. 7월 말부터 3주가량 휴가 기간이어서 회원들이 한자리에 모이지를 못했으니 반가운 마음이 그만큼 더 큰 것이다.

밭을 둘러본다. 3주 동안 적은 인원이나마 열심히 김을 매줘서 작물들은 잘 자라고 있지만 그래도 비 온 뒤라 그런지 밭 전체, 특히 지난주에 걸렀던 야콘밭 풀의 기세가 의기양양하다. 오늘 일이 아침에 시작해도 해거름까지 해야 하는, 그것도 된 일일 거라는 예감이다. 다행히 하늘이 도와줄 듯하다. 올려다보니 해도 비도 비칠 것 같지 않다.

밭장인 외양간의 아들 녀석이 길을 내달라고 아우성이다. 아래를 내려다보니 개울까지 이어진 길이 사라지고 없다. 그 3주 사이에 풀이 길의 흔적조차 덮어버렸다. 대부분 가시풀인 한삼덩굴이다. 녀석을 맘 놓고 놀게 해주어야 우리의 일도 편해질 터. 나와 셜록이 낫 한 자루씩 들고 개울가로 향했다.

아이의 길을 터주고 올라오니 나를 포함해서 모두 출출한 기색이다. 때맞춰 외양간이 눈치 빠르게 배려해준다.

"다들 아침 부실하게 드셨죠? 배도 채울 겸 두어 명 더 올 때까지 기다릴 겸 막걸리 한잔합시다!"

"아무렴!"

모두 기다렸다는 듯이 애들처럼 평상으로 달려든다.

아침참을 맛나게 마치고 먼저 생강밭으로 향했다. 아직 키가 작은 생강밭은 일주일 사이에 고랑과 두둑 할 것 없이 풀들이 무성하게 자라 있었다. 이파리가 마치 댓잎이나 산죽의 잎과도 흡사하고 색깔도 일반 풀과 같아서 낫을 내려놓고 일일이 손으로 조심스레 구분하며 김을 맸다.

생강 사이 고랑과 두둑에서 자라난 들깨까지도 과감하게 뽑아버렸다. 씨앗으로 날아와 자생한 생명이라 마냥 예쁘다 하기엔 숫자가 많았고 키도 너무 커가고 있었다. 함께 살게 하자니 생강의 아

　　　　　　　　　　　　　풍신난 도시농부, 흙을 꿈꾸다

우성이 크다는 옹색한 변명을 곁들이며 대 굵은 놈에게는 무작스러운 낫질을 해댔다.

하늘이 도와주었는데도 생강밭과 야콘밭의 풀을 다 잡는 데에는 두 번의 참이 더 곁들여져야 할 만큼 솔찬한 시간이 들었다. 휴가철이라 다소 적은 인원으로 어느 밭 하나 제대로 관리하지 못한 대가는 결코 작지 않았다.

참이든 쉼이든 평상을 찾을 때마다 일곱 명의 사내들은 땀으로 흠씬 젖어 있었다. 이따금씩 내려주신 보슬비가 그저 감사할 따름이었다. 물론 한껏 땀 흘리게 해준 밭에게도 감사함을 잊지 않는다. 그 감사와 기꺼움은 참마다 막걸리 한 잔씩 돌리는 사람들의 흥겨운 콧김으로도 뿜어져 나온다.

생강밭에 이웃한 울금은 어느새 어른 허리춤까지 자라나 있다. 일주일에 한 번씩 볼 때마다 몰라볼 정도로 자라고 있는 것이다. 너른 잎을 맘껏 펼쳐가면서 자란 모양새가 전형적인 아열대식물이다.

"히야, 울금밭은 하와일세!"

누군가의 입에서 탄성이 터졌다.

"섹시하네!"

떡잎부터 알아본다 했다. 5월 초순이던가. 볏짚을 뚫고 살짝 말린 떡잎을 올릴 때부터 어린것의 자태가 그리 고혹적일 수가 없더니 이제는 20대의 청년이 되어 주체할 수 없을 만큼의 양기를 뿜어내고 있지 않은가. 색기마저 배어난다면 너무 지나친 감상일까.

심기 전에는 조금 노란 생강이다 싶더니만 땅 위로 나와서는 어찌 그리도 늘씬하고 우람한지, 나뿐 아니라 처음 경험하는 우리 공동체 식구들 모두 볼 때마다 감탄한다. 게다가 무성한 잎으로 밭을 덮기 시작하니 조만간에 풀 걱정은 아예 내려놔도 될 듯하다. 초가을에 흰 꽃이 핀다 했는데 그때가 언제일지 모르니 밭에 들를 때마다 유심히 살펴볼 요량이다.

봄에 외양간이 집에서 눈을 내어 가져온 것들을 쪼개 밭에 심을 때만 해도 난 울금이 무엇인지 전혀 알지 못했다. 특용작물 공동체를 신청한 당사자이면서도 그 효능에 대해 그저 어림짐작만 했었다. 포대 자루에서 쏟아지는 울금을 보고서, '짜장, 생강하고 굉장히 흡사하네'라고 느꼈을 뿐.

내가 울금에 대해 주변에 귀동냥하고 인터넷으로 수소문하기 시작한 것은 울금이 볏짚 사이로 샐쭉하게 첫 태를 보이기 시작하면서부터였다. 젖내마저 날 만한 어여쁨에 취해 나도 모르게 알아보기 시작했다.

웬만한 것들은 모조리 만병통치약으로 치환되는 웰빙 시대에 인터넷으로 찾아본 울금의 효능 또한 가히 일당백이었으나, 무엇보다 내 관심을 끈 것은 '커큐민'이라는 듣도 보도 못한, 요즘 애들 말로 '듣보잡'의 성분이었다.

일본에서 전국 질병통계 조사를 했는데, 오키나와에선 간경화,

158   풍신난 도시농부, 흙을 꿈꾸다

간염 등 간질환 환자의 수가 타 지역과 비교할 때 현저하게 적었다더라. 하여 의료진들이 오키나와에 주거하는 주민들을 역학조사 하였더니 어려서부터 오키나와에서 재배되는 울금을 차로, 반찬으로 모든 음식에 넣어 먹는다더라. 주성분을 연구한 결과 울금에는 간에 이로운 커큐민이 다량 함유되어 있었다더라. 『세종실록지리지』에 보면 전라도 구례·낙안·순천 등지에서 울금이 토산품으로 재배됐다고 기록으로 전해지지만, 임진왜란 이후 국내 생산 기록이 없는 것으로 봐서 조선 중기 이후 재배가 중단된 것 같더라. 온난한 남해 특유의 해양성 기후에 물 빠짐이 좋고 기름진 토양인 진도에서 국내 생산량의 70% 정도를 생산하는데 그 시초는 20여 년 전에 들여온 오키나와 종자라더라 등등.

귀동냥이든 눈동냥이든 울금에 대한 지식을 갖게 되면서 제일 먼저 떠올린 것은 주변 친구나 어른들의 얼굴이었다. 수확 후 잘 말려서 가루로 만들면 차로 마시든 생선이나 두부에 묻혀 튀겨 먹든 섭취하는 방법도 손쉬우니 간이 '신통치 않은' 지인들의 얼굴을 떠올려본 것인데 의외로 잘 떠오르지 않는 것이 아닌가. 거저 갖다 주려 해도 막상 대상이 떠오르지 않아 난감했던 기억이 난다.

요즘 틈틈이 눈동냥 하고 있는 것은 울금 가루를 이용해 집에서 손쉽게 만들 수 있는 먹거리들에 관한 것이다. 내가 만나는 도시농부들 중엔 남녀를 막론하고 손맛 좋은 사람들이 많다. 제 손으로 키운 작물로 직접 만든 먹거리의 맛을 잊지 못한 나머지, 손맛

들이기에 중독되어간다고나 할까. 아마 나도 그 무리 중 하나가 될까 보다.

간만에 일손이 풍성해서인지 해거름 되기 전에 밭의 풀을 모두 잡을 수 있었다. 고랑에 덮어두었던 풀까지 모두 모아 쌓고 보니 밭 주변엔 풀 동산이 세 개쯤 봉긋하게 솟아 있다. 침마저 마른 목을 축이러 평상으로 발걸음을 옮기니 제일 높게 쌓인 풀 더미 앞에 아이들이 옹기종기 모여 있다.

엄마들 주변에 맥없이 모여 있는 모양새로 보아 물놀이에도 그만 지쳐버린 모양이었다. 그새 외양간의 아들 녀석은 개울에서 잡은 몇 마리의 치어들과 두런두런 수다를 떨고 있다. 평상 근처에 굴러다니던 양파망과 반쯤 썩은 작대기로 엉성하게 만들어준 족대가 쓸모없지만은 않았던 것 같다. 역시 밭에도 애든 어른이든 바글거려야 사람 사는 맛이 난다.

오늘 쌓아놓은 풀 더미는 버릴 것 하나 없는 재원이다. 야콘밭, 울금밭, 생강밭, 그리고 감자와 당근 등 수확을 끝낸 밭에 우거진 풀을 거둬들인 것인데, 일주일 동안 잘 묵혔다가 수확 끝낸 밭을 김장밭으로 바꾸고 나면 그것들은 멀칭용으로 다시 덮어둘 천연비료이자 제초제로 쓰일 것이다.

일주일 동안 풀 더미 속이 충분히 따뜻해져서 다시 거둬낼 때는 맨 아래층에선 짧은 기간이지만 적잖은 지렁이들이 모여들었기를, 그래서 아이들에게 또 다른 이야깃거리를 만들어줄 수 있기를 기

풍신난 도시농부, 흙을 꿈꾸다

대해본다. 풀 더미를 보고 있자니 이래저래 안 먹어도 배가 부를
만큼 속이 든든해진다.

김매기를 끝낸 야콘밭에선 바야흐로 잎이 무성해지고 있다. 가
뭄이 끝난 후 부쩍 키도 크고 잎도 사방으로 쭉쭉 뻗어가며 청년
의 기개를 뽐낸다. 한창 먹성 좋을 때인 녀석들에게 웃거름 줄 때
가 또 돌아오고 있다.

회원들 중 몇은 한 달 전부터 잎을 따곤 하는데 난 게으른가 보
다. 다음 주에는 필히 한 봉지쯤 따서 형에게 갖다드려야겠다. 그
리고 동창회 소식이 없긴 하지만 택배를 통해서라도 당뇨로 고생
하는 불알친구들에게 보내야겠다.

마음이 급해진다.

조상의 거처를 누가 돌보리

우리 집안엔 수십 년간 지켜지고 있는 전통이 한 가지 있다. 내가 스무 살 넘어서부터 참여하기 시작했으니 아무리 적게 잡아도 30년은 족히 넘은 풍습이다.

파주에 있는 고향 마을 바로 앞으로 통일로와 경의선이 지나가는데, 그 나란히 달리는 도로와 철로를 지나가면 높진 않되 제법 어깨가 넓은 야산이 있다. 산자락을 끼고 마을 사람들의 논과 밭도 펼쳐져 있다.

매년 8월 15일 광복절이 되면 그 산속으로 한 무리의 사람들이 모여든다. 10대부터 80대 노인들까지 20~30명의 사내들이 아침부터 속속 모이고, 점심때가 되면 마을에 살고 있거나 가족과 함께 행사 참여차 온 여인들이 샘가에 모여 식사를 준비한다.

집안 벌초하는 날 풍경이다. 외지에 나가 살고 있는 자손들도 이

날만 되면 일품이 될 만한 아들들을 데리고 조상들의 무덤이 흩어져 있는 고향 앞산으로 모여드는 것이다. 외지라 해봐야 대개는 서울이나 경기도 일원인데, 간혹 부득이한 사정으로 못 오게 되더라도 조상의 풀 우거진 거처를 걱정하지 않아도 된다. 그날 산속에 모인 무리들이 그 사람 집안의 묘까지 벌초를 해주기 때문이다.

아주 드문 경우지만 두 해 이상 자신이든 자식이든 나타나지 않으면 어른들의 집단 성토와 호된 꾸지람을 피하지 못한다. 일 대신 돈으로 부조하는 행위는 아주 특별한 경우에만 받아들여지고 대개는 사태만 더 악화시킨다. 수용 여부는 샘가에서 점심식사가 끝난 후 최상위 항렬이나 고령인 어른들의 제안으로 토론을 통해서 정해지는데, 어느 경우든 기조를 이루는 것은 전통적인 인륜 개념이다.

먼 촌뻘의 아저씨가 한 분 계시다. 당신은 오래전 40대에 뇌졸중으로 쓰러져서 오랜 투병 생활을 거쳤고 거의 회복된 지금도 반신의 움직임이 여의찮은 분이다. 해서 내겐 할아버지뻘 되는 당신의 부친이 수 년 동안 최고 항렬에 최고령자임에도 낫질을 하셨는데, 오래전에 노동력을 상실하셨고 지금은 이승 분도 아니다.

그 아저씨가 거동할 수 있게 되어 매년 벌초 날에 고향을 찾은 지가 꽤 되는데, 몇 년간 점심 후 토론 자리에서 같은 항렬의 손위 형제들인 어른들의 성토를 견디느라 고초를 겪으셨다. 대개 그 시간엔 굵직한 종중 일에 대한 대표 어른의 보고와 토론이 주를 이루는 법인데, 그 몇 년간은 꽤나 공격적인 토론이 뒤를 이었다. 후에는 심지어 손아래 사촌들조차 대놓고 반기를 드는 형국이 되었다.

제 몸 하나 운신하기에도 바쁜 당사자를 앉혀놓고 그런 분위기까지 몰고 가게 된 원인은 딱 한 가지였다. 당신의 장성한 두 아들이 단 한 번도 모습을 보이지 않았기 때문이다. 워낙 어려서부터 고향에 온 적이 없는 친구들이라 일면식도 없으나 그중 큰아들은 내 대학 후배이기도 했다.

"직계 자손이 돌보지 않는 묘를 집안이 언제까지 보살핀단 말인가? 이보게, 우리가 몸 성치 않은 자네를 탓하는가? 반병신인 아비는 힘든 걸음을 하는데 사지가 멀쩡한 자식들이 당최 뭘 하는 게냐고! 한 놈이라도 오면 우리가 이럴 일이 전혀 없지 않은가. 만일 자네를 탓한다면 강제로라도 자식들을 보내지 못하는 그 무능함일 걸세."

"형님, 이제는 우리도 못 하겠소. 사람을 사서 하든, 나중에 자식들을 보내든 그건 형님이 알아서 하십쇼."

그래도 매년 봉분 세 개짜리 그분의 묘역을 그냥 지나친 적은 없었다. 벌초의 맨 마지막 순서로 나를 포함한 우리 항렬의 젊은 층들이 항상 깨끗이 다듬었고, 아저씨들도 우리 보고 대신 깎으라고 슬며시 손짓하셨다. 조상 묘를 관리하는 것이 자손의 인륜이라면 같은 집안의 조상인데 그 거처를 끝내 폐가처럼 방치하지 못하는 것 역시 자손의 인륜이었다.

꼭 몇 시까지 모이라는 정해진 시간 따위는 없다. 그러다 보니 마을에 사는 사람들은 새벽부터 일을 시작하고 외지에 나가 있는 사람들은 대개 9시가 넘어야 도착해 요란한 예초기 소리를 뚫고 미안하다는 인사를 건넨다. 그러고는 곧바로 예초기든 갈퀴든 집어 들고 무리 속으로 합류하는데 그 모양새가 물 흐르듯 자연스럽다.

벌초는 대개 대여섯 명씩 패로 나뉘어 두세 곳의 묘역에서 동시에 진행되는데 예초기를 둘러메는 일은 40대에서 60대에 이르는 장년층이 주로 담당한다. 그보다 어리면 10대든 30대든 갈퀴를 들고 무덤가에 대기하고 있다가 기계가 지나간 자리에 쓰러져 있는 풀을 긁어 묘역 밖으로 들어낸다.

70대 이상의 노인들은 일은 직접 하지 않더라도 한자리에서, 혹은 함께 무덤을 따라 이동하며 하루의 행사가 다 끝날 때까지 자리를 지킨다. 소주잔을 돌리며 옛이야기를 나누다가도 가끔 기계질이 서툰 '초짜'가 눈에 들어오면 성큼성큼 무리 속으로 들어와 예초의 요령을 알려주기도 한다. 세월이 흘러 어쩔 수 없이 노동에서는 열외가 되었지만, 벌초를 끝낸 조상들의 거처가 봉분과 주변의 평지, 그리고 양옆과 뒤를 두르고 있는 날개에 이르기까지 얼마나 깔끔하게 정돈이 되었는지 매의 눈으로 평가하고 검수하는 것이다.

하루는 집안 공동 벌초 유사 이래 처음으로 연기됐던 벌초를 했다. 광복절에 예고된 폭우 때문에 열흘 뒤의 일요일로 늦추게 된 것이다.

아침 일찍 걸음을 서둘렀다. 지금 집안의 최고 어른인 내 아버지는 오랜 투병 생활로 거동이 불편하시니 어차피 집에 머무시고, 형 또한 달포 전 허리 수술을 해서 꼼짝을 못하니 내가 두 사람 몫을 해야 했기 때문이다. 큰댁과 작은댁, 그리고 우리 집의 산소만 해도 고조 묘까지 열 개나 된다.

다행히 작은댁의 육촌 동생들이 사내만 다섯이나 되니 마음은 든든하나 큰댁과 우리 집에 일꾼이 한 사람씩밖에 안 돼 조금이라도 일찍 가서 품을 보태야 했다. 게다가 해가 갈수록 노인들은 노동력을 잃어가고 20~30대의 젊은 친구들은 잘 나오지도 않을뿐더러, 나와도 도통 기계 멜 엄두를 못 내고 갈퀴만 쥐려 하니 일손이 눈에 띄게 줄어들고 있지 않은가.

산에 도착하니 사람 수가 예상보다 더 적다. 내 항렬의 형제들도 아저씨들도 항상 뵈던 분들 중 여럿이 보이지 않았다. 늦춰진 벌초에 때를 맞출 수가 없어 자기 집의 산소들을 주 중에 미리 끝냈기 때문이다.

산소 자리를 꼽아보니 묘역으론 여섯, 봉분으로는 총 열일곱 개. 다행히 30~40대의 젊은 친구들도 좀 되니 잘하면 애초에 셈했던 것만큼 일이 늘어지거나 되지는 않겠다 싶었다. 반신이 여의찮은 아저씨도 일꾼을 대동하셨다. 작은아들이었다. 내가 나오지 못한 작년엔 큰아들을 대동하셨단다. 반가운 마음에 먼저 손을 내밀어 인사를 청했다.

"반갑다, 아우야. 자주 보자고!"

어른들 사이에서도 더 이상의 상처 주고받을 언사도 없고 그저 화기애애하다. 이리 간단한 것을!

내가 너무 비관적이었을까. 아니면 어림셈은 어림셈일 뿐이었을까. 예상보다도 훨씬 빨리 하루 행사를 끝냈다. 봉분 수에 맞춰 적은 곳엔 세 대, 큰 곳엔 네 대씩의 예초기를 투입하고 각 패마다 두세 명의 갈퀴 부대를 대동했다.

젊은 아저씨 두어 명과 나를 포함한 40~50대가 기계를 멨다. 비록 숫자는 적었지만 내가 벌초를 다닌 이래 가장 젊은 부대였다. 그리고 점심 전에 일을 끝낸 것도 집안 벌초를 다닌 30여 년 이래 처음이었다. 마지막 산소에서는 서울에서 온 한 30대의 동생에게 한번 해봐야 한다며 강제로 기계를 걸쳐줬더니 서툰 솜씨지만 의외로 씩씩하게 잘만 돌렸다.

젊어서였을까. 온몸이 땀과 풀 가루로 범벅이 되어서도 묘역 하나를 끝내기 전엔 잠시라도 기계를 끄는 사람이 없고, 한 묘역이 끝나면 중간 쉼 없이 바로 다음 묘역으로 직행이다. 다행히 잔뜩 찌푸린 하늘도 우리를 도왔다.

마지막 산소를 끝내고 식사 자리로 모이니 막 준비된 점심밥이 우리를 기다리고 있었다. 뷔페식이다. 3~4년 전부터 여인들의 짐을 덜어주기 위해 주문하기 시작했다. 그런다고 비용이 더 들어가지도 않는다 했다. 아주머니들이 손수 해줬던 만큼은 아니더라도 어쨌든 땀 흘린 후의 밥이니 역시 꿀맛이다.

마을에서 제일 큰 어른이면서 아흔을 바라보는 아저씨가 유달리 환한 얼굴을 지으며 좋아하셨다. 소주 한 잔을 들이켜며 소리 높여 한마디 하신다.

"이거 내 생각을 바꿔야겠어. 갈수록 집안 벌초가 어렵겠다는 생각뿐이었는데 오늘 젊은 친구들 태풍처럼 일을 몰아치는 걸 보니 아직은 걱정 안 해도 될 듯해."

"형님 생각도 그렇죠? 아까 슬쩍 따라가서 봤는데 젊은 애들 넷이 기계를 돌리니까 그야말로 후루룩 끝냅디다. 작년까지만 해도 영 희망이 없어 보였는데 오늘 보니 다시 희망이 생기네요. 이 좋은 전통을 쉽게 포기할 순 없잖아요?"

어른들이 머리를 백날 맞댄들 뾰족한 수가 없던 것은 결국 젊은 노동력의 보충이 끊겨가기 때문이었다. 지금의 농촌 현실과 정확히 일치하는 상황이다. 두레의 정신이 아무리 고귀한들 성원이 될 젊은 층의 수혈이 끊긴다면 살아남을 재간도, 존재의 이유도 없는 법.

해서 시골의 어른들이 내린 결론은 내년부터는 공동 벌초를 포기하고 각 집이 알아서 자기네 산소를 벌초하고 점심이나 같이 모여 먹자는 것이었다. 식사를 하는 도중 젊은 아저씨 한 분에게서 그 소식을 들었을 때 내 귀를 의심했다. 만일 그리 된다면 점심 자리를 함께하는 것조차 불가능하게 되는 것은 아닐지. 노인들의 심사가 그리 불안했던 것이다.

젊었을 때부터 어느 자리든 벌초가 화젯거리가 되면 난 우리 집안의 공동 벌초 얘기를 한다. 그 얘기를 하고 나면 늘 공통된 좌중의 반응을 본다. 놀라움과 부러움이 그것이다. 그리고 그 아름다운 전통이 왜 자신들의 집안에는 없는지 의아해한다. 나 또한 우리 집안에는 그리 손쉬운 전통이 왜 그들에게는 없는지 궁금한 적이 한두 번이 아니었다.

내가 성인이 된 후로 부득이한 사정이 없는 한 빠질 수 없던, 그래서 유랑의 욕망으로 가득했던 20대에는 때로 도살장에 끌려가는 소의 심정으로 아버지와 형을 따라가기도 했던 집안 사역. 그럼에도 항상 마음 한구석에서 그런 나를 못났다 질책하게 했던 소중한 전통. 우리 집안에 남아 숨 쉬고 있던 두레얼.

그래서인지 내 거처조차 집에 알릴 수 없었던 인천 언더그라운드 시절에도 단 한 차례 걸러본 적 없는 그 전통이, 요즘은 존폐기로에 서 있다. 몇 해나 더 이어갈 수 있을지 어른들도 우리들도 아무도 답하지 못한다.

집으로 돌아오는 길. 산을 벗어나기 전에 잠시 차를 세우고 핸드폰에 저장된 사진 한 장을 펼쳐본다. 육촌 동생들과 예초기 네 대를 둘러메고 일찌감치 덤벼들었던 우리 집 산소의 자태가 단정하다. 풀숲을 벗겨내니 고조, 증조, 조부모의 합장묘, 그리고 맨 아래 내 어머니의 묘가 정갈하기 그지없다. 봉분 속 어머니 자리 옆엔 아버지 자리도 마련되어 있다.

언제까지일지는 모르나 존재하는 동안은 우리 형제만이라도 보살피게 될 조상들의 거처다. 역시 언제까지일지는 모르나 우리 산소뿐 아니라 마을 앞산 조상들의 모든 거처를 여태 해왔던 것처럼 젊은이 노인 할 것 없이 집안 모두가 함께 돌볼 수 있기를 간절하게 희망해본다.

일 끝낸 것을 알았는지 하늘이 해의 길을 터주셨다.

풍신난 도시농부, 흙을 꿈꾸다

얼푸시 눈뜨면 봄이라네

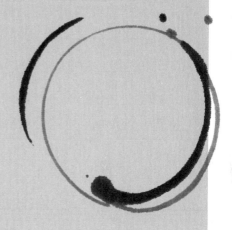

농장 양 귀퉁이의 쪽밭에선 노지에서 겨울을 난 부추와 시금치,
그리고 상추가 벌써 기지개를 켜고 있다. 그 쪽밭들을 둘러보는
회원들의 눈매가 벌써 탐욕에 젖는다.
그렇다. 내 귀에도 지글지글 고기 익는 소리가 들린다.
나의 기지개도 이젠 다 켜지는가. 밭을 나서는 몸이 개운하다.

엽차는 아무나 만드나

　9월의 첫 일요일이고 화창한 날씨였다. 8월부터 지속되고 있는 가을장마의 끝이 어딘지는 모르나 간만에 만끽하는 맑은 주말이었다. 차를 덖기엔 더없이 기분 좋은 날이다. 어제 선유동 농장 식구들이 딴 야콘 잎을 삶아놓았다고 했는데 농장에 행사가 있어 늦은 오후에나 덖을 수 있을 것이다.

　서울 아버지 댁에서 출발해 고속도로를 벗어나자마자, 우보 농장까지 가는 동안 차창을 활짝 열고 달렸다. 손끝과 귓불, 볼때기 할 것 없이 몰아치는 청량감이 얼마 만이던가.

　농장 입구에 들어서니 주차장이 한 종류의 차들로 가득하다. 오늘 '토요타 텃밭'의 행사가 있는 날이다. 한두 달에 한 번씩 회원들이 부모와 자식까지 대동하고 나와 자신들의 텃밭 일 외에도 한 가지 이상의 공동 체험 행사를 갖는데, 6월 말엔 감자를 캤던 것으로 기억한다.

농장 안으로 차를 조금 더 몰자 간신히 한 대 쉴 수 있는 공간이 보인다. 차에서 내려 몇 걸음 오르니 평상에서 식사를 하는 가족들의 모습이 햇살 아래 펼쳐진다. 그 뒤편 하우스 안의 평상 전체도 식객들로 바글거린다. 자식, 혹은 손자들에게 밥을 떠먹이는 풍경은 언제 봐도 따사롭다.

"안녕하세요!"

"아 예, 안녕하세요!"

안면이나 친분이 있어서 하는 인사가 아니다. 마치 산에서 오가는 자들이 인사 나누듯 농장에 들어온 사람들은 초면이라도 거리낌 없이 반가운 인사를 나눌 뿐이다.

하우스 안에 들어서니 행사 때문에 거둬들인 야콘 잎들이 평상 한편에 소쿠리마다 가득하다. 안쪽 주방에서는 아직도 뭔가를 끓이고 있고 가족끼리 오순도순 점심을 즐기는 평상에서는 구수한 우거지국 향이 진동한다.

식사 중인 사람들 사이를 오가며 한 후배가 야콘 잎 데친 물을 작은 생수병에 담아 나눠주고 있었다. 원하는 사람들에 한해 나누고 있었는데 다린 물의 색깔이 유난히 검다. 가마솥 하나에 그 많은 잎들을 데쳐냈으니 당연하게도 한약처럼 까말 수밖에. 해서 생수병을 건넬 때마다 후배는 물과 일대일로 섞어서 마시라는 말을 잊지 않았다.

"형, 기특하잖우? 저 녀석 고사리손으로 자기 할아버지 드려야 한다며 받아가는 것 좀 봐."

예닐곱 살이나 됐을까. 사내아이 하나가 받아든 물병을 품에 안고 할아버지에게 쪼르르 달려가 두 손으로 공손히 드리니 노인이 아이의 머리를 쓰다듬으며 대견해한다.

"할아버지가 당뇨병을 갖고 계시다네."

주방에서는 갓 만들어놓은 두부를 농장 식구들이 맛보고 있었다. 가마솥을 이용한 체험 행사라더니 두부를 만든 모양이었다. 물론 재료는 우보 농장에서 수확한 콩일 것이다. 나는 두부 맛을 보는 둥 마는 둥 하고 밭으로 나섰다.

나를 비롯한 고양도시농부학교 2기의 30평짜리 공동 텃밭에는 적은 숫자나마 야콘이 심어져 있다. 봄 채소들 수확이 끝난 이랑에 그때그때 이식해놓은 것들이라 선유동만큼 잘 자라 있지는 않으나 그래도 딸 만한 잎사귀들은 제법 있었다.

한 손에 도톰히 잡힐 만큼 딴 후 다시 하우스로 가 좀 전에 아이에게 물병을 받았던 노인에게 다가갔다.

"아까 받으신 건 워낙 진하니까 물 타서 드시고요, 이건 큰 냄비에 물을 가득 받아 끓을 때 1분만 다려내세요. 건져낸 잎은 찬물에 반 시간쯤 담갔다가 쌈으로 드시고 다려낸 물은 하루에 한 컵씩 드세요. 쓰긴 하지만 약이다 생각하고 드시면 괜찮을 겁니다."

낯선 이가 불쑥 내미는 호의에 노인이 허둥지둥 고마워한다. 그

와중에도 노부부는 수업받는 학생마냥 한 마디라도 놓치지 않으려는 기색이었다.

"제가 먹어보니까 이 쌈에는 호박잎쌈처럼 강된장이 최고더군요. 아 참, 손주가 아주 똘똘하고 잘생겼습니다."

약 150평 정도 크기의 토요타 텃밭은 지원자가 많아 20대 1의 경쟁을 뚫고 가구당 다섯 평씩 분양받은 공동 텃밭이다. 꽤 현명한 고객 관리 전략이라는 느낌이 든다. 어지간한 사은품을 증정하는 것보다 백배는 낫지 않은가.

특이한 점은 분양받은 사람들 대부분이 30대 정도의 젊은 부부들이라는 것이다. 봄 개장 행사 때 자신들의 아기와 부모 들을 대동하고 모인 그들을 보며 요즘 젊은 사람들의 착한 먹거리와 자연에 대한 열망이 생각보다 세다는 것을 느꼈다. 뭐, 흙이 사람의 나이를 가리지는 않겠으나 젊은 기운이 스며들면 그만큼 흙에도 이롭지 않을까.

행사가 모두 끝나고 두부와 콩비지까지 모두 비닐에 담아 보내고 나니 오후 4시가 다 되었다. 큰물이 빠져나간 듯 농장이 고요해진다. 그동안 하나둘 모여들었던 선유동 농장 식구들이 사람들이 빠져나간 평상들마다 야콘 잎을 다시 널기 시작했다.

이제 초등학교 1학년밖에 안 된 고사리손들도 어른 한몫을 충분히 해내고 있었는데, 그 손길이 어찌나 꼼꼼하던지 보는 내내 감탄이 절로 나왔다.

잎을 딴 뒤부터 시작되는 모든 작업은 한수의 진두지휘 아래 이루어졌다. 그는 선유동 농장 식구들 중 유일하게 야콘 잎차를 만들어본 장본인이었다.

작년 장항동 텃밭에 열여섯 주의 야콘을 심었다가 여름에 잎을 자주 따서 당뇨가 있거나 혈압이 높은 친구 몇에게 나눠주기도 했다. 서리를 맞으면 하루아침에 시커멓게 죽어버리는 잎 때문에 조금 이르게 수확을 했었는데 그때 거둔 이파리들로 한수가 차를 덖었다. 그저 프라이팬만으로 여섯 번을 덖었다는데 텃밭 식구 넷뿐 아니라 조금씩 나눠 받았던 친구들도 그 맛과 향에 반했었다.

그러니 그가 지휘의 총대를 메는 일은 지극히 당연한 것이었다. 게다가 올해는 우보 농장에 가마솥까지 있지 않은가. 농장의 행사 때마다 밥으로, 혹은 백숙으로 기여했던 솥단지가 또 다른 역할을 부여받은 것이다. 올 1월 자신의 손으로 농장에 가마솥 화덕을 만들 때부터 한수는 차를 덖을 기대에 부풀어 있었다.

뉘엿뉘엿 해가 기울 즈음에 바깥 평상에 있는 야콘 잎부터 걷어서 썰기 시작했다. 두 명은 도마를 마주한 채 잎을 썰고 한수는 가마솥 바닥에 엷게 눌어붙은 두부 찌꺼기를 긁어냈다. 솥 준비가 끝나기를 기다렸다가 불을 지폈을 때는 이미 사위가 어두워져 화덕 위에 전등을 달아야만 했다.

둘은 잎을 썰고, 둘은 차를 덖고, 또 둘은 자른 잎이든 덖은 잎이든 평상과 솥으로 옮기거나 화덕의 불을 살피는 교대 작업이 쉼

풍신난 도시농부, 흙을 꿈꾸다

없이 이어졌다. 차를 닦는 사람들은 혹여 땀방울이 섞일세라 솥바
닥을 훑는 동안에도 연신 수건으로 얼굴을 훔쳤다. 나도 그랬지만
닦는 작업을 하는 사람들마다 한마디씩 꼭 했다.

"차를 닦는 일이 이렇게 힘든 줄 진정 몰랐네!"

두 번째로 닦고 나자 시간은 이미 자정에 가까웠고 모두의 몸은
이미 곰삭은 파김치가 되어 있었다. 일단 정리하고 철수하기로 한
다. 계속되는 비 예보가 있어 닦은 잎들을 망태기에 담아 한수가
집으로 가져가기로 했다. 다음 날 출근해야 하는 사람들이 걱정된
다. 아무리 제 좋아서 하는 일이라지만 이번 주 그들은 주말 이틀
을 꼬박 헌납했기 때문이다. 문득, '떡은 사람이 될 수 없어도 사람
은 떡이 될 수 있다'는 광고 카피가 떠올랐다.

이틀 뒤 나와 한수, 그리고 8월 말부로 교직에서 명예퇴직한, 선
유동 농장 식구 중 최연장자인 선배까지 셋이 다시 농장에 모였다.
온종일 비가 추적추적 내렸다. 두 번 닦아서 양은 거의 절반 정도
로 줄었지만 사정 봐주지 않는 비 때문에 작업은 생각만큼 속도가
붙지 않았다. 결국 네 번째의 닦음을 끝으로 작업을 마치기로 했다.

이번에도 한수가 집으로 가져가기 위해 망태기에 다시 담는데
양이 또 반으로 줄었다. 양이 줄어드는 만큼 차 맵시를 갖춰가고
있다는 만족감이 들었을까. 궁금한 마음에 저울에 올려보고 나서
우리는 서로의 얼굴을 마주보며 웃었다. 서로의 일정을 확인하고
인터넷으로 주 중의 일기예보까지 세심히 점검한 후 가장 화창할

날을 정했다.

"자, 그럼 금요일에 봅시다!"

금요일. 더없이 좋은 날씨다. 한창때라면 가슴이라도 설렐 만큼. 예년 같으면 바야흐로 구름 한 점 없는 청명한 하늘이 이어져야 하는데 올해는 구름이 있어도 하늘빛이 푸르기만 하면 그저 고맙다.

하우스 안 탁자 위에 망태기 안의 잎을 펼쳐놓자마자 한수나 나나 사진부터 찍었다. 우리가 최초로 가마솥에 덖는 야콘 잎이 마지막 여정을 기다리고 있는 것이다. 바라보고 있자니 은근히 비장함마저 스며든다.

두 시간가량이 또 흘렀다. 두 번 더 덖고 나서 드디어 여섯 번 덖은 야콘 잎차가 완성되자마자 외양간과 나는 막걸리로 타는 목부터 축였다. 우리가 잔을 부딪치며 기쁨을 나누고 있는 사이 한수는 전기포트에 물을 올렸다. 그가 잔마다 물을 붓고 갓 완성된 바삭한 잎을 넣을 때 모두 분만실을 기웃거리는 심정이었으리라.

첫 시음을 마치고 잠시 정적이 흘렀다. 이건 뭘까? 조금 더 색이 우러나길 기다렸다가 다시 한 모금 해보지만 고개만 갸웃거려진다. 제일 먼저 입을 연 건 나였다.

"이건 아닌 것 같다. 팔팔 끓는 물에 적당량의 찻잎을 넣었는데, 이건 너무 덜 우러나지 않았어? 더 기다려야 되나?"

난 핑계 삼아 뒷간을 다녀왔다. 다녀와서 봐도 우러나온 정도가 기대에 훨씬 못 미친다. 외양간과 한수도 모두 확신을 갖지 못하는

풍신난 도시농부, 흙을 꿈꾸다

내색이다.

"애비 맛도 에미 맛도 아닌 것 같다. 물에 타는 잎의 양을 배 이상 늘린다면 모를까. 누군가 이걸 돈 주고 사겠다면 야콘 잎차라고 내놓을 수 있을까?"

떡심이 풀렸던 것은 아마도 작년보다 더 맛이 좋을 거라는 기대가 너무 커서였을 게다. 또한 지난해 첫 작품의 맛에 너무 심취해서 한수나 우리 모두 차 만드는 일을 가볍게 봤던 게다.

기왕 내디딘 걸음이었다. 해서 우리 모두 잎을 따는 일에서부터 모든 과정을 일일이 다시 짚어보고 공부하자는 결의를 기꺼이 할 수 있었다. 그리고 농장 식구들과 몇 번의 시음 과정을 더 거친 후 비록 맛은 약하지만 주변 사람들과 기쁘게 나누기로 했다. 되짚어 보고 공부해서 추석 전에 다시 한 번 도전하자는 결의와 함께.

엽차. 그거 정말 아무나 만드는 게 아니었다.

한강에서 얼음 지쳐봤음?

"엄마, 스케이트 타고 올게요!"

그러자 빼꼼히 문을 연 어머니가 내 어깨에 걸쳐 있는, 해지기 일보 직전의 천 가방을 확인하곤 물으셨다.

"학교에 가는 거야? 아직 얼음은 지칠 만한 거니?"

"그럼요. 금방 올 거예요."

콩 튀듯 가벼운 목소리로 대답을 하고 나온 나는 학교를 향해 걷다가 우리 집이 시야에서 사라지자 오른쪽으로 방향을 틀어 냅다 달리기 시작했다.

내가 살던 동부이촌동에서 제일 부자 동네였던 한강맨션단지를 일직선으로 관통하고 나면 그곳에 나의 새 놀이터이자 하늘 아래 가장 큰 얼음판인, 바로 얼어붙은 한강이 있었다. 1973년 2월 초순 이었고, 난 초등학교 마지막 겨울방학의 끝을 즐길 준비가 되어 있었다.

그 당시 서울의 초등학교에서는 겨울방학마다 운동장에 물을 채워 가둔 뒤 얼려 스케이트장을 만들곤 했는데, 방학 시작과 동시에 열면 해빙기가 되는 2월 초까지 너끈히 운영되었다. 시골에서 논에 물을 대 썰매로 얼음을 지쳤다면 도시에서는 학교 운동장이 그 대안이었던 것 같다. 아무리 삼한사온이라 해도 워낙 겨울 내내 추웠던 시절이니 가능했던 풍경이다.

내가 다니던 초등학교는 운동장이 커서 스케이트장도 규모가 제법 컸다. 입구 주변엔 스케이트의 날을 갈아주는 아저씨들이 일렬로 앉아 꼬마 손님들을 받았고 그 줄이 끝나는 곳엔 두세 개의 올망졸망한 어묵 좌판도 있었으니, 겨울방학이 몇몇 어른들에겐 중요한 생계거리도 제공해준 셈이었다.

초등학교 3학년 때부터 겨우내 스케이트를 탔다. 4년, 아니 매일 버스 타는 수고를 마다 않고 아버지가 재직하시던 용산의 초등학교 스케이트장을 다녔던 2학년 겨울방학까지 합치면 꼬박 5년째이던 6학년 때는, 가방에서 스케이트를 꺼내 힐끗 보는 것만으로도 날의 상태를 알 수 있었다. 끈을 묶지 않고도 얼마든지 편하게 탈 수 있어서 부러 남이 보라고 끈을 돌돌 뭉친 후 양 복숭아뼈 안쪽으로 밀어 넣고 타는 치기도 심심찮게 부렸다.

지금이야 겨울에도 실내에서 할 수 있는 놀이가 넘치지만 당시만 해도 겨울에 할 수 있는 놀이라곤 얼음 지치는 게 전부였다. 그러니 동네 한복판에 위치한 학교 운동장의 스케이트장은 항상 애들로 바글바글 끓었다.

좀 여유롭게 타기 위해선 스케이트장의 바깥쪽으로 원을 크게 그리면서도 서로 부딪히지 않게 주위를 살피는 것을 게을리할 수 없었다. 게다가 2월쯤이 되면 올라가는 낮 기온 때문에 얼음이 녹아 질척거리기 일쑤였다. 어쩌다 부딪혀서 살짝 넘어지기라도 하면 젖은 바지나 장갑이 얼어붙었다. 추운 건 둘째치고 여간 성가신 게 아니었다.

집에 가서 옷을 갈아입기 위해 일단 얼음판을 벗어나면 다시 들어올 때 표를 또 한 장 내야 하니 아깝기도 그지없었다. 하긴 계절별로 신발도 한 켤레, 옷도 한 벌인 시절이었으니 갈아입는 것은 꿈도 못 꾸고 어머니에게 욕이나 안 먹으면 다행이었다.

6학년 겨울방학도 거의 끝나갈 무렵, 1월 말이었는지 2월 초였는지 정확히 기억은 없지만, 학교 얼음판이 유독 비좁고 질척거린다고 느끼던 어느 날 일찌감치 스케이트 가방을 챙겨 집으로 향하던 길이었다.

뭔가에 홀렸을까. 그날 난 집으로 가던 발걸음을 돌려 강으로 향했던 것인데 그 뜬금없는 선회가 지금 이 나이까지도 잊지 못할 일주일을 남기게 해준 것이다.

사실 겨울에, 그것도 해빙기에 한강에서 얼음을 지치는 것은 내

풍신난 도시농부, 흙을 꿈꾸다

게 금기 중의 금기였다. 매년 해빙기인 2월에 한강에서는 한두 명씩 급작스레 갈라진 얼음 틈에 빠지거나 강가의 얇아진 얼음을 잘못 디뎌 빠져 죽는 사고가 나곤 했는데, 아마 그 금기는 나뿐 아니라 우리 동네 모든 아이들의 금기사항이었을 것이다.

평소에 짓궂지도 않고 어머니 말씀이라면 어겨본 적 없던 내가 왜 절대로 가서는 안 될 곳으로 발길을 돌렸는지 지금도 이유를 알지 못한다. 어머니는 그 사실을 돌아가실 때까지도 모르셨다. 아마 상상도 못하셨을 게다.

방학이 끝날 때까지 일주일 동안 어머니에게 능청스러운 거짓말을 해대고 강을 향해 내달리던 내 심장은 강이 가까워질수록 터질 듯 두방망이질을 쳐댔다. 뛰는 게 힘들어서만은 아니었다. 광야처럼 펼쳐진 무한대의 얼음판은 떠올리는 것만으로도 나를 미치게 만들었다.

한강맨션단지를 빠져나와 몇 걸음 옮기면 바로 백사장이었다. 강을 마주하고 서서 고개를 돌리면 사시사철 희게 빛나는 고운 백사장이 끝없이 펼쳐져 있었다. 여름이면 피서객들이 물놀이를 즐겼던 백사장. 난 여름엔 동네에서 공 차는 재미에 바빠 나가본 기억이 거의 없지만 봄가을엔 자주 나가 모래집 짓기 놀이를 즐기곤 했었다.

'두껍아, 두껍아. 헌 집 줄게 새집 다오.'

특히 초등학교 저학년 시절에 백사장에서 손등 위에 모래를 얹고 읊던 가락이 지금도 주문처럼 머릿속에서 맴돈다. 그리고 잊을 수 없는 모래의 감촉. 지금까지 내가 다녀본 어느 바닷가 백사장에서도 그처럼 고운 빛과 감촉을 느껴보지 못했다.

언젠가 인터넷에서 옛 서울의 모습을 둘러보던 중 내 마음을 단번에 사로잡은 한 장의 사진이 있었다. 1960~1970년대 한강의 모습을 보여주는 출처를 알 길 없는 그 사진엔 한강에서 물놀이와 뱃놀이를 즐기는 피서객들의 모습이 담겨 있었는데, 사진 속 파라솔 주변이 나와 친구들이 종종 놀던 동부이촌동 앞 그 백사장 아닌가.

그리 멀지 않게 보이는, 지금은 한강대교라 불리는 제1한강교와 그 너머 나지막하게 보이는 한강철교. 내 어릴 적 봤던 그 풍경, 그 크기, 그 각도 그대로였다.

정확히 몇 년도 판인지는 알 수 없지만 사진 속의 풍경으로 보면 추정컨대 1960년대 중후반쯤일 텐데 사진 속 피서객들이 노닐던 백사장은 매년 10월 1일이면 엄청난 폭탄 세례를 받았을 것이다.

한강맨션단지가 들어서기 전까지 매년 국군의 날이 되면 제1한강교에서 동부이촌동에 이르는 백사장 위에서 공군의 에어쇼가 펼쳐졌기 때문이다. 그야말로 서울 최고의 볼거리였는데 비행기들의 에어쇼가 끝나면 마지막 순서로 백사장 위의 막사나 가짜 탱크들 위로 일명 '젓가락 폭탄'이라 불리는 것들을 우수수 퍼부었다. 그 폭탄을 퍼붓고 사라지는 전투기들을 좀 아는 어른들은 그걸 '무스탕'이라 했던가.

풍신난 도시농부, 흙을 꿈꾸다

구름처럼 모인 사람들이 그 광경을 강 양편에서 큰 구경거리로 즐기던 시절이었다. 지금은 상상도 할 수 없는 일이지만 전쟁 끝난 지 10여 년밖에 되지 않던 당시엔 그야말로 자주국방의 위안거리였던 것 같다.

내가 인천의 한 회사에서 직장 생활을 하던 시절, 인천 토박이인 동료들은 한강 백사장 위에서의 에어쇼를 전혀 믿지 않았다. 아무리 살벌했던 시절이라 해도 서울 한복판에 폭탄을 퍼붓는다는 게 말이 되느냐. 구라를 풀어도 정도껏 풀어라.

하지만 나는 그 장면을 초등학교 1학년 가을 이사한 첫날부터 목격했던 것인데 이삿날이 국군의 날이었던가 보다. 이삿짐 푸는 데 방해될까 봐 내 손을 잡고 구경꾼들 사이로 데려간 막내 고모가 건네준 달짝지근한 솜사탕 맛이 더 기억에 남았던 날이다.

여하튼 이사한 그날부로 어느 해 에어쇼가 사라지기 전까지는, 국군의 날부터 봄이 오기 전까지 한강과 백사장은 내게 금단의 구역이었다. 탄피를 줍다가, 혹은 놀다가 불발탄을 잘못 건드린 아이들이 종종 목숨을 잃기도 하던 시절이었다.

백사장을 지나고 나면 제일 먼저 강변의 얼음 상태부터 살펴본다. 눈길이 닿는 곳까지 가장자리 어느 지점도 녹아 물이 스미지 않은 것을 확인하고 나서야 강 위로 올라서서 스케이트를 신는다. 까불대던 학교 운동장에서와는 달리 비장한 심정으로 빈틈없이 끈을 동여맨다.

준비를 끝내고 서서 강을 바라보면 어린 나이에도 내가 마주한 거대한 존재에 기가 눌려 온몸이 부들부들 떨렸다. 지금 어림짐작 해보면 강폭은 백사장을 빼고도 600~700미터 정도였다. 며칠간 얼음을 지쳐왔던 제1한강교부터 내가 살던 아파트까지는 버스 정류장이 대여섯 개쯤 됐으니 거리가 대략 1킬로미터 하고도 반쯤은 되지 않았을까. 게다가 두께를 가늠할 수 없는 얼음은 진초록이다. 그 캔버스 안엔 점처럼 보이는 두세 명의 어른들이 있을 뿐.

전의를 다지듯 귀마개를 한 번 꾹 누른다. 어머니가 떠주신 손가락장갑을 바투 끼고 나서 서서히 얼음 위를 지치다가 속도를 내기 시작하면 바로 칼날 같은 강바람이 볼을 에인다. 바람은 마치 얼음을 타고 미끄러져 와 내 몸을 통째로 퍼 올리기라도 하듯 광폭하기만 하다.

몸무게 30킬로그램짜리 소년이 두 팔을 휘두르며 전력을 다해 내달리기 시작한다. 어느새 칼바람에 에이던 볼은 감각을 잃고, 기세에 눌려 바늘귀 같던 눈을 부릅뜨고 나면 날 잡아먹으려던 바람이 도리어 길을 터준다. 내가 나를 잃은 것일까. 모진 바람에도 물보다 쉽게 얼음 위를 낭창거리는 내 그림자를 즐긴다.

'깡!'

본능적으로 한쪽 날을 기울여 멈춰 선다. 해빙기에 얼음 밑부터 금이 가는 그 소리는 벼락만큼 클뿐더러 강 전체에 메아리처럼 울

풍신난 도시농부, 흙을 꿈꾸다

려 강 복판에 있는 소년을 얼어붙게 만들었다. 강에 나온 지 일주일 만에 처음 듣는 소리다. 그제야 정신을 차리고 사위를 둘러본다.

'아뿔싸!'

나는 제1한강교 교각 바로 밑까지 와 있었다. 몇 걸음만 지치면 강 건너편이었다. 하지만 그곳은 길도 편치 않을뿐더러 강을 나서려면 맨발이어야 했다. 숨을 멈춘 채 내가 떠나온 곳을 살폈다. 다리까지 와서 본 그곳은 어찌나 까마득했던지.

뒷걸음으로 원을 그리면서 교각을 벗어나 조금씩 내가 왔던 쪽으로 움직였다. 그런 와중에도 벼락이 어느 쪽에서 쳤는지, 또 어디서 무슨 소리가 오는지 듣기 위해 때로 눈을 감았다.

이윽고 아직은 괜찮다는 확신이 들었을 즈음 난 신발과 스케이트 가방을 벗어두었던 그곳을 향해 죽을힘을 다해 달렸다. 그리고 스케이트를 신은 채로 모래톱에 벌렁 자빠져서는 먹따는 소리 같은 가쁜 숨을 몰아쉬었다.

강남으로 출퇴근하던 시절 한강대교와 동작대교 사이의 올림픽대로 구간을 지날 때마다 강을 바라보고는 했다. 다행인지 불행인지 충분히 감상하고도 남을 만큼 그 구간은 상습 정체 구간이었는데 강이 어는 모습을 좀체 볼 수가 없었다. 오히려 한강이 얼면 뉴스거리였다.

요즘에야 다시 겨울이 추워져 한강이 제법 언다지만, 겨우내 두

께를 가늠할 길 없을 정도로 얼었던 내 유년 시절에 비하면 살얼
음 수준이다.

아직도 그 기운이 남아 있는 걸까. 어쩌다 이야기 자리에서 소싯
적 얼음 지치던 이야기, 그중에서도 스케이트 끈 좀 묶었던 친구들
의 무용담이 꼭짓점 찍고 지루해질 즈음 난 이런 물음으로 내 '구
라'를 시작한다.

"한강에서 얼음 지쳐봤음?"

풍신난 도시농부, 흙을 꿈꾸다

끝은 어드메고 시작은 또 어드메뇨

잠시 정적이 흐른다고 생각했다. 마지막 김치통을 냉장고에 집어 넣고 소파에 주저앉으니 귀가 먹먹해졌다. 마누라는 거실 한가운데서 한 손으로는 김장 양념을 담았던 함지와 채반들을 척척 포개고, 또 한 손으로는 바닥에 깔려 있던 신문지를 거둬들였다. 종이 접히는 소리라도 들릴 만한데 벙어리 화면처럼 아무 소리도 들리지 않았다.

귀가 뚫렸을 때 먼저 들려온 것은 마누라의 앓는 소리였다. 화음 넣듯 나도 앓는 소리를 냈다. 괜히 미안한 마음도 섞였다. 밭이 내어준 많은 것들 중에 주재료인 배추가 가장 부실했던 탓이다.

장항동 텃밭에서 나온 배추는 결구한 것이 거의 없었고 대개가 납작하게 퍼진 '비행접시'였다. 배추 포대를 풀었을 때 마누라는 한숨부터 내쉬었다. 같은 밭에서 나왔던 지난해 배추와는 달라도 너무 달랐기 때문이다.

"에휴, 절임 배추를 주문해야 하나?"

"무슨 소리. 내일 가져올 배추는 많이 다르니 기다려봐요."

다음 날 선유동 농장에서 수확한 배추는 속이 노랗게 들어찬 것들이 제법 있어서 가까스로 체면치레가 되었다. 김장이야말로 한 집안의 가장 큰 농사가 아니던가. 그러니 정작 밭일을 했던 내가 다 죄인이 된 기분이었다.

봄부터 초여름까지는 그리도 가물어서 속을 바짝 타들어 가게 하더니, 김장거리가 자라야 할 가을엔 마치 우기라도 되는 듯 일주일에 한두 번은 비가 내렸다. 그나마 비가 없는 날에도 맑게 갠 하늘을 보기가 힘들었다. 구름 한 점 없는 9월의 하늘은 기억 저편의 전설이 되어버린 가을이었다.

배추밭의 부실함은 내가 다녀본 고양도시농부들의 모든 밭에 공통된 형편이었다. 턱없이 부족한 일조량은 왕성하게 광합성을 해야 할 배추들의 성장을 가로막아서, 모든 밭의 배추를 앉은뱅이로 만들어버렸다. 비가 잦아들고 하늘이 맑게 열리기 시작한 10월 중하순엔 이미 생장점 아래로 떨어진 기온 때문에 햇살도 소용없었다.

그런 와중에도 화학비료를 먹은 배추는 쑥쑥 잘 자라기만 했다.

장항동 텃밭 초입엔 혼자서 100여 평의 밭을 일구는 아주머니가 계신다. 우리가 땅 주인의 누이로 알고 있는 그분은 칠순의 나이에 혼자 봄부터 밭을 일구어 때마다 자식들에게 나눠주었는데,

가을 김장거리 농사만큼은 검정 비닐과 화학비료를 사용했다.

화학비료를 먹은 배추는 턱없는 일조량에도 불구하고 예의 그 진초록 잎에 둘러싸인 채 우람하게 자라고 있었다. 올가을 같은 계절에 자신의 배추를 보고 떡심이 풀려버린 보통의 초보농부라면 관행농의 유혹을 뿌리치기 힘들 것이다.

독특했던 것은 선유동 농장의 배추였다. 셋 중 둘은 결구가 되었고, 또 그중 상당수는 제법 크고 튼실하게 자라주었다. 내가 아는 고양도시농부들의 밭 중 유일했다. 바로 아래를 흐르는 개울 때문이었을까. 올봄의 그 혹독한 가뭄에도 야콘과 생강, 울금, 그리고 푸성귀까지 잘 안된 것이 하나도 없던 밭이었다. 초봄의 볏짚 이불과 쉼 없이 해준 풀 멀칭을 감안하더라도 놀라운 작황이었다.

배추를 제외한 선유동 농장에서의 모든 수확을 다 끝내고 어느 날 가졌던 술자리에서 우리는 섣부르게 한 해 농사의 열매를 셈했었다. 나무랄 데 없이 잘 뭉치고 어울렸던 공동체원들 간의 마음, 하는 데까지 최선을 다했던 생태유기농법, 밭을 끼고 도는 개울, 그리고 오랫동안 유기농으로 다져진 땅심의 위대함 등이 즐겁고 넉넉했던 올 농사의 밑거름이었다. 물론 셈을 끝내고 잔을 부딪칠 때 땅과 사람 모두에게 정성을 아끼지 않았던 밭장 외양간의 후덕함을 덧붙이는 것도 잊지 않았다.

물론 때론 꿈같은 예상이 현실보다 못할 때도 있다.

선유동 농장에 딱 들어맞는 말이다. 도시농부들이 흔히 하지 않는 작물 공동체를 시작한 봄만 해도 우리의 꿈이 너무 야무진 것이 아닐까 했다. 물론 수확하던 10월 중하순의 밭은 우리 예상을 뛰어넘는 작물을 안겨주었다. 하지만 현실이 예상보다 훌륭하다 해서 마냥 즐거울 수만은 없는 법이다. 땅이 내주는 것을 거두고 갈무리하는 일이 별 따사롭던 어느 봄날의 예상보다는 훨씬 고되기 때문이다.

어른 키만큼 늠름히 자란 야콘은 애초에 넉넉한 간격으로 심었는데도 한 주씩 캐낼 때마다 굵은 열매들이 두어 개씩은 삽날에 잘려나갔다. 줄기를 중심으로 사방 30센티미터 정도의 거리에 삽날을 박아 뿌리를 통째로 들어내다 보면 사람의 몸이 땀투성이가 되는 것은 고사하고 여차하면 삽자루가 부러질 판이었다.

그뿐이랴. 캐낸 것을 우보 농장으로 가져가 갈무리하는 일 또한 만만치 않았다. 열매인 야콘을 다 떼어내고 나면 관아를 줄기에서 잘라내 잘 다듬어놔야 했다. 그것이 돌아올 봄에 야콘 싹을 다시 틔울 생명이기 때문이었다. 추수가 곧 씨를 뿌리기 위한 준비 과정이니 농사가 순환일 수밖에 없는 것 아닐까.

하지만 그 과정을 일일이 손으로 해야 하니 회원들이 깜냥을 최대한 발휘해도 자정까지 이어지기 일쑤였다. 울금과 생강도 사정은 마찬가지였다. 씨알이 하나같이 굵고 달린 양도 풍성한 만큼 갈무리를 마쳤을 즈음엔 모든 회원이 녹초가 되어 있었다.

하지만 풍작이 안겨주는 고단함이니 누구 하나 구시렁거리는 일

풍신난 도시농부, 흙을 꿈꾸다

따윈 없었다. 게다가 우리의 토종 생강이 워낙 튼실하고 잘생겼다고 해서 농사 고수 한 명이 흔쾌히 돈을 지불하면서까지 씨종자로 얻어갈 때의 그 뿌듯함이라니!

선유동 농장 작물의 갈무리를 끝내고 난 어느 날 우보 농장에 들러보니 농장 중간쯤의 빈터에서 콩 갈무리가 한창이었다. 사내들의 도리깨질에 나도 팔을 걷어붙이고 덤벼들었다. 우연찮게 합세한 품앗이였는데 평소 우보에게 갈무리의 끝판왕은 콩이라는 얘기를 여러 번 들었던 터라 이 초보농부가 그 기회를 놓칠 수 없었다.

사내 셋이 도리깨를 한 번씩 내려칠 때마다 바짝 마른 콩대에선 콩알과 깍지들이 방정맞게도 튀어나왔다. 하지만 도대체 몇 번을 더 내리쳐야 콩을 다 빼낼 수 있을지 셈이 안 될 만큼 더디고 더딘 일의 연속이었다.

타작을 하고 걸러낸 것들은 키질을 해야 하는데 가는 날이 장날이라고 야속한 하늘에선 바람 한 점 일지 않았다. 결국 도리깨질하던 친구 중 하나가 차를 몰고 나가서는 대형 선풍기를 사오고야 말았다. 선풍기를 조립하던 그에게선 유난히도 거친 콧바람이 뿜어져 나왔다.

아래쪽에선 콩 공동체 회원인 여인 몇이서 이미 분류돼 넘어온 콩들을 소반 위에 펼쳐가며 마지막 분류 작업을 하고 있었다. 나로서는 보는 것만으로도 진력나는 작업인데, 그네들은 이런저런 이야기보따리까지 풀어가며 힘겨운 내색 하나 비치질 않았다면 내

착각일지.

"풀하고 씨름할 때는 키우는 게 젤 힘든 것 같더니 거두고 마무리하는 일에 비하면 아무것도 아니네, 제길."

타작 중에 새참 막걸리 한 사발 들이켜면서 나도 몰래 뱉어낸 말이었다.

광에서 인심 나온다 했던가. 수확이 풍성하니 나눔에도 번민이 적어 좋았다. 회원들 사이의 나눔뿐 아니라 지역 도시농부 공동체에 기부를 할 때에도 저울 바늘에 일일이 민감하지 않아도 되었다. 다른 밭이나 공동체의 부러움을 살 만했고 우린 그 부러움을 즐기기까지 했다.

"평소엔 그리 번개도 잘 때리더니 요 몇 달 동안은 왜 전화 한 통 없냐?"

베란다에선 얇게 저며낸 울금 조각들이 거의 말라가고 있었고, 직접 덖어둔 야콘 잎차도 몇 봉 준비해두었다. 신림동 아버지에게 가져간 것을 빼고도 그만큼은 남아 있었다.

울금을 가루로 내기 전임에도 내가 조급증을 느꼈던 것은 아직 싱싱할 때 생강까지 전해줘야 했기 때문이다. 요령도 없는 내가 아파트에서 생강을 보관하고 있을 자신이 없었다. 해서 초등학교 동창회장에게 푸념 어린 전화를 하고 보니 그 또한 간이 안 좋아 약을 먹고 있다고 했다.

"여하튼 네가 병 있는 녀석들을 일산으로 소집하든가 아니면 번

개 한번 치시게. 그러면 내가 서울로 가져갈게."

가을비가 부슬부슬 내리던 어느 저녁 난 몇 친구들을 위한 꾸러미를 바리바리 싸 들고 서울로 향했다. 봄에 선유동 농장의 밭을 일굴 때부터 마음에 두었던 친구들이다. 먹고사는 건 그럭저럭 괜찮은 친구들이 몸은 왜 그 모양들인지.

새로 생긴 환자까지 있어 여분으로 챙겨 간 꾸러미까지 알뜰히 전해주고 나니 그야말로 3년 묵은 체증이 뚫린 듯 가슴속이 개운해졌다. 작년 내 가족 먹일 푸성귀만 가꾸던 텃밭 시절엔 차마 마음에 품을 수 없던 기쁨이었다.

소파에 기댄 채 까무룩 잠에 빠지다가 주머니 속에서 느닷없이 울리는 전화벨 소리에 눈을 떴다.

"생각보다 일찍 오셨네."

벽제 농장의 선배가 집에 가는 길에 들러 무를 주기로 했다. 장항동 텃밭의 무가 워낙 잘아 김장에 섞고 나니 동치미를 담글 무가 없어서 올해 무 농사를 잘 지으신 선배에게 부탁한 터였다. 눈만 비비고 주차장에 나가 보니 선배가 차에서 큰 봉지 두 개를 꺼내고 계신 게 아닌가.

"아니, 이렇게나 많이요?"

주머니에서 만 원 한 장 꺼내는 내 손이 부끄러웠다.

"뭘, 우리 사이에 이 정도는 줘야지. 그나저나 무가 좀 작은 편인데 동치미로는 괜찮겠지?"

"아무렴요. 아주 제격인데요. 잘 먹겠습니다."

두 무더기의 무를 부엌에 부려놓자마자 난 찬물을 한 컵 들이켰다. 김장의 마지막을 앞두고 몽롱한 머릿속을 깨워야 했기 때문이다. 무를 제외한 모든 재료는 이미 준비되어 있었고 오로지 내 손으로 마무리해야 할 과정이었다. 작년에도 그랬고 앞으로도 그럴 것이다.

아주 오래전 불의의 사고로 돌아가시는 바람에 두 며느리들에게도 전수가 안 된, 어머니의 '절세의 동치미'를 어떻게든 되살려보겠다고 고집 피우는 것도, 그 맛을 기억하는 것도 오직 나뿐임을 어찌하랴.

10년쯤 담그다 보면 그 맛에 가까워지지 않을까. 내년부터는 아예 한두 평쯤 봄무도 키워볼 생각이다. 그러려면 농한기라고 술만 탐하지 말고 몸도 잘 가꿔둬야 할 터. 문득 선유동 농장에서 가졌던 올해 밭과의 마지막 대면을 떠올렸다.

수확을 모두 끝내고 밭을 나서기 전 나는 어깨에 둘러멘 배추 포대를 내려놓고 잠시 밭을 마주하고 있었다. 사위엔 이미 어둠이 스며들었고 모든 것을 내어준 250평의 밭은 막 동면에 들려는 거인처럼 눈꺼풀을 내리고 있었다.

"부실한 몸으로 수고 많으셨네. 겨우내 몸 잘 추슬러서 봄에 예를 갖춰 다시 오시게."

가르릉 가르릉.

거인에게서 낮고도 달콤한 코골이를 들었던 것 같다.

잠결인 양 얼푸시 눈뜨면 봄이라네

기지개

"어이 우보, 내일 농장 가는가?"

"그럼요, 겨우내 해도 모자라 아직도 일이 산더미죠. 왜요, 오시 게?"

"응, 간만에 카페 들어가 보니 쉴 틈이 없었겠어. 농장 봄단장 하 는 것도 돕고 싶고, 슬슬 몸도 만들어야겠고…… 해서 내일 들르 려 하는데 몇 시쯤 움직이려나?"

"아무래도 전 이른 편이죠. 형이 되시려나?"

"그것도 훈련하는 셈 치지, 뭐. 어차피 가는 길이니 날 태워가시 게."

우보의 트럭을 타고 농장 입구를 지나 오르막을 오르며 보니 중

풍신난 도시농부, 흙을 꿈꾸다

턱에 못 보던 정물이 서 있다. 작년까지 낡은 정자가 있던 자리에 연장간이 들어서 있다. 하우스 안에 진열돼 있던 연장 걸이들을 밖으로 훤히 보이게 내놓은 모양이다. 아직은 지붕만 얹혀 있다.

"아주 좋아, 그림이 너무 예쁘다."

차에서 내리자마자 양손 엄지손가락을 세운다.

"투명한 비막이 강추! 대로에서도 지나가면서 볼 수 있도록 말이지."

숨을 깊게 들이쉬고 잠시 눈을 감는다. 낙엽처럼 가벼워진 몸이 농장 입구에서부터 바람을 타고 오른다. 주차장을 지나 퇴비간과 생태 뒷간. 바람에 조금 더 몸을 맡기자 뒷간에서 잠시 멈춘 풍경이 하우스 옆의 연장간에서 마지막 퍼즐 조각처럼 맞춰진다. 그 안쪽에 안겨 있는 겨울 난 텃밭들이 햇살 아래 고즈넉하다.

하우스 안의 바닥엔 뭔가가 깔려 있다. 어느 건물 옥상에서 걷어낸 것을 얻어와 깔았다는데, 두툼한 것이 푹신하기도 하고 앞으론 애들이 뛰어도 흙먼지 날릴 일도 없어 보인다. 옆 창고 하우스 안을 들여다보니 끄트머리 쪽 서너 평 정도의 공간에 목공의 흔적이 만만치 않게 보인다. 전부터 만들려 했던 도예실인가 보다. 농한기이자 지독히도 추웠던 올겨울에 이곳은 단 하루도 쉬는 날이 없어 보였다.

죽데기들을 부려놓고 퇴비간과 뒷간의 벽을 세로로 덧댄다. 작년 여름 원주에 갔던 길에 인근의 제재소에 들러 한수가 '질러버린' 4톤 트럭 한 대 분량의 죽데기가 아직까지도 요긴하게 쓰이고 있다.

길이에 맞춰 자르고 촘촘히 못총질을 해대니 두 해는 족히 버틸 만큼 튼튼해진 데다 때깔마저 곱게 살아난다. 반면에 내 몸은 곳곳이 삐걱댄다. 팔뚝이든 어깨든 근육 뭉치는 소리가 들리는 듯하다. 계절은 팔을 잡아끄는데 나의 기지개는 아직 더디기만 하다.

겨우내 집 안에서 하루 반 시간가량의 운동을 매일 쉬지 않고 했는데, 그 정도로는 역시 야외 일을 감당하기엔 역부족이었나 보다. 그래도 4월이면 시작할 밭일을 위해 지금의 버거움을 달게 받아들이기로 한다.

콧바람이 매우면서도 달다.

"형, 이번 일요일엔 구산동 마늘밭에 웃거름 좀 주려는데 몸도 풀 겸 같이 안 가려우? 귀퉁이 빈터엔 감자밭도 만들 요량이고. 우리 회원들과는 오전에 모이기로 했는데."

"오후에 하면 안 돼?"

"이미 정해진걸, 뭐. 왜, 오전엔 뭔 일 있수?"

마땅한 핑계가 없을까? 한수의 제안에 난 잠시 갸웃하며 잔머리를 굴리다가 이내 포기하고 만다.

"김연아. 빨라도 12시나 돼야 끝나지 싶다."

"아하! 참, 그렇지. 그분이 돌아오셨지, 흐흐."

한수가 머리를 주억거리며 키득거린다. 며칠 뒤 술자리에서 한수가 몇 가지 사정으로 일정이 바뀌었다고 알려준다.

"형, 마늘밭에서 1시에 만나기로 했어. 잘됐지?"

시간이 밥때와 겹치니 밭에 와서도 일보다 참이 먼저다. 올 들어 처음 밭에서 먹는 참이다. 막걸리도, 셜록의 아내가 준비해 온 밥과 반찬도 혀끝을 녹인다.

빈속만 살짝 채우고 나오니 셜록의 아이들은 벌써 엄마와 함께 나물 캐는 데 열중이다. 수만 년 이어온 채집이다. 오래전 대기에 몰래 스민 봄기운은 해동도 되지 않은 땅에 이미 사나운 갈퀴 자국을 남겼거니. 하여 사람이 나서기도 전에 대지는 그 틈마다 냉이 며 민들레며 질경이, 꽃다지와 같은 초록의 전령들을 내보내는 것이 아닐까.

왕겨를 덮어두었던 100평 밭에선 가을에 심어놓은 양파와 마늘이 온전히 살아서 푸른 싹들을 올리고 있다. 유독 강바람 드센 이곳, 겨우내 쌓인 눈 밑 동토에서도 어느 것 하나 자신의 생명을 쉬이 놓아버린 것이 없다.

셜록이 가져온 페트병 여덟 개 분량의 오줌은 턱없이 부족했다. 해서 생태 뒷간의 오줌통을 털었지만 양이 얼마 안 돼서인지 전체 밭의 절반도 못 채운다. 이럴 줄 알았으면 내 집에 보관돼 있는 오줌을 챙겨올걸 그랬다고 속절없는 자책을 한다.

웃거름 주기가 끝나갈 즈음 새로운 식구들이 밭에 합류한다. 두명의 현직 선생과 아이들인데 선생 중 하나는 이 마을 공동체의 회원이다. 어린것들도 일꾼 한몫을 하겠다고 고랑 사이로 달려온다.

아이들에게 곁을 내준 두둑에선 연록의 풋마늘 싹들이 덩달아 젖내를 뿜고 있다.

농사보다 뒷간

뒷간을 만든다.

일산 신도시를 벗어난 한적한 동네 가좌동에 올해 새로 마련된 밭 자리 '가좌 농장'. 신작로와 아파트 단지 사이 1000평의 농장 부지에 생태 뒷간을 짓는다. 원래 논자리였던 터에 두텁게 덮인 새 흙이 아직은 벌겋다. 아무래도 올 첫 농사에 퇴비깨나 먹여야 할 게다.

"올해도 농사보다 시설이 먼저네."

뒷간과 그늘막 만들 자재를 모두 부려놓고 나서 한수가 푸념처럼 한마디 한다.

"농사보다 똥이 먼저인 걸 어쩌겠나? 그래도 재활용 자재가 아니고 돈 들인 것이어서 뒷간이 호텔급이겠어."

다행히 볕이 따사로운 데다 벌판에 부는 바람도 딱 좋을 만큼만 살갑다.

작년 이맘때도 뒷간을 지었다. 당시 새로 조성된 풍동 농장에 이용자들의 쉼터인 비닐하우스와 함께 만들었다. 그곳에서 주말 텃밭을 찾을 생협 회원만 해도 50명이었다. 농사보다 뒷간이 먼저인 이유다.

우리가 농장에 뒷간 먼저 짓는 또 다른 이유는 우리 방식의 옛 농법에 최대한 더 가까워지기 위함이다. 몸은 땅에서 나온 것을 받아들이고, 그 몸에서 나온 것을 다시 땅으로 돌려주는 순환을 위함이다.

함지 안에서 켜켜이 왕겨로 덮인 똥에는 구더기도 없으며 악취도 배지 않는다. 양이 다 찬 후 꺼내 낙엽과 풀, 재나 음식물 찌꺼기 등으로 쌓여 있는 퇴비 더미에 섞어서 한 해 정도 묵히고 나면 냄새도 향긋한 최고의 거름이 된다.

뒷간 안에 사내들을 위한 깔때기 오줌통까지 만들어두면 그 자체로 언제든 쓸 수 있는 웃거름통이 된다. 설령 이웃에 간이 화장실이 있더라도 고집스레 구닥다리 뒷간을 짓는 이유다. 그리고 우리는 그것에 '생태 뒷간'이라는 고급스러운 이름을 붙인다.

사내 다섯이 붙었지만 그늘막 작업이나 뒷간 작업이나 절반도 못 끝냈는데 벌써 해거름이다. 한나절에 끝낸다던 예상은 이번에도 보기 좋게 빗나간다. 나처럼 서툰 일손 몇이 섞인 탓이다.

이곳에 많을 때는 가족을 포함해 100여 명의 사람들이 모여 밭을 일굴 것이고, 참을 먹거나 그늘막에 앉아 쉴 때면 복에 겨운 덕담들을 나눌 것이다. 상상하는 것만으로도 마음은 급한데 해는 이미 서편이다. 하릴없이 농장 개장일 전에 작업을 마무리하기로 하고 주섬주섬 연장을 챙긴다.

1000평의 가좌동 농장엔 선생들, 학생들, 그리고 학부모들의 공동 텃밭이 이미 배정되어 있다. 거기에 가장 많은 면적을 경작할 고양도시농부들의 텃밭까지 이미 예약과 배정이 완료된 지 오래다.

앞섶을 살짝 풀어헤친 대지 위로 따스하면서도 비릿한 유혹의 바람이 스민다. 다섯 평이든 열 평이든 제 손으로 푸성귀를 키워보겠다는 사람들이 해가 갈수록 늘고 있다. 그들의 아이들에게 축하의 키스를!

아이들이 행복한 웃음을 짓고 있는 허공에 대고 장갑 낀 손으로 키스를 날린다.

친정 나들이

3월의 마지막 토요일에 선유동 농장을 찾는다. 감자 심기. 올해 첫 밭일이다. 작년엔 공동체원으로 농사를 지었지만 올해는 품앗이만 하기로 한다. 작년엔 들러보지 못했던 이곳저곳의 농장에도 품앗이를 다니기 위함이다. 장항동을 제외하면 올해의 모든 농사는 품앗이로 하자고 정한 것이 올 1월이었다. 많이 다녀보고 많이 배우자.

풍신난 도시농부, 흙을 꿈꾸다

하지만 첫 밭일 품앗이는 선유동 농장이 되어야 할 터. 비록 내가 수컷이지만 선유동 농장은 친정과 같은 곳이니까. 그래서일까. 농장에 도착하니 오전 햇살을 안은 밭이 꼭 어머니의 품 같다.

"부실한 몸으로 수고 많으셨네. 겨우내 몸 잘 추슬러서 봄에 예를 갖춰 다시 오시게."

지난가을 마지막 대면에서 밭이 내게 건넸던 말을 떠올린다. 그가 동면하는 동안 난 충분히 예를 갖추었는가. 뒤돌아보는 것마저 면구스러워 나는 머리만 긁적거린다.

밭 가운데에는 우리가 10월에 수확했던 야콘의 관아들이 묻혀 있는데 올겨울의 혹독한 추위에 모두 얼어 썩어버렸다. 그 정도 깊이에 묻으면 충분할 거라 방심했던 게다. 종자 관리를 제대로 못한 자가 무슨 낯으로 밭을 대한단 말인가.

정자 앞에 새로운 얼굴이 보인다. 올해 신입 공동체원이고 카페 별명이 '곰'이라고 셜록이 귀띔한다. 하, 젊고 잘생긴 곰이다.

셋이서 밭 주변의 쓰레기며 잡동사니들을 정리하는 동안 하나둘 정든 얼굴들이 등장한다. 밭장인 외양간을 포함한 작년 회원들인데, 아직 계절에 채 적응하지 못한 노곤함이 묻어나온다. 우리는 마치 역전의 용사들마냥 소란스런 해후를 한다.

모두 괭이 한 자루씩 들고 감자밭을 만든다. 긴 두둑에 두 갈래의 골을 낸다. 그 골 위에 퇴비를 얹고 흙을 엷게 덮은 다음 감자를 심을 요량이다.

"이것 보소?"

맨 앞쪽에서부터 골을 내다가 난 멈칫, 괭이질을 멈췄다. 두둑 끄트머리에 남겨두었던 두어 평 정도의 대파밭을 깜빡 잊고 있었다. 겨울을 난 녀석들이 벌써 한 뼘가량의 싹을 올려내고 있지 않은가. 예쁘기 그지없지만 감자밭을 완성하기 위해 우선은 남김없이 캐내기로 한다. 다 캐내고 나니 종이 상자로 하나 가득이다. 이곳 공동체원 모두의 개인 텃밭에 골고루 나누고도 남을 양이다.

두 이랑의 공동 감자밭 일을 끝내고 각자의 개인 텃밭에 대파를 옮겨 심는다. 까마득히 잊고 있었던, 그래서 더 횡재 같은 작물을 심는 회원들에게선 콧노래가 나온다. 나도 호미를 들고 자리에 없는 두 회원의 파밭을 만든다. 4년간 유기농으로 정성스레 다져진 선유동 농장의 흙에선 호미질마다 산흙의 향긋한 내가 풍긴다.

농장 양 귀퉁이의 쪽밭에선 노지에서 겨울을 난 부추와 시금치, 그리고 상추가 벌써 기지개를 켜고 있다. 그 쪽밭들을 둘러보는 회원들의 눈매가 벌써 탐욕에 젖는다.

"늦어도 2~3주 후면……."

그렇다. 내 귀에도 지글지글 고기 익는 소리가 들린다.

나의 기지개도 이젠 다 켜지는가. 밭을 나서는 몸이 개운하다.

풍신난 도시농부, 흙을 꿈꾸다